Mempo Giardinelli
LEB WOHL, MARIANO, LEB WOHL

MEMPO GIARDINELLI

Leb wohl, Mariano, leb wohl

EXEMPLARISCHE LEBENSLÄUFE

Aus dem argentinischen Spanisch
von Curt Meyer-Clason

PIPER
MÜNCHEN ZÜRICH

Die Originalausgabe erschien 1982 unter
dem Titel »Vidas ejemplares« bei
Ediciones del Norte, Hanover, New Hampshire

ISBN 3-492-03012-2
© Mempo Giardinelli, 1982
Alle Rechte der deutschen Ausgabe:
© R. Piper GmbH & Co. KG, München 1987
Gesetzt aus der Bembo-Antiqua
Satz: Fotosatz Uhl + Massopust GmbH, Aalen
Druck und Bindung: Wiener Verlag, Wien
Printed in Austria

INHALTSVERZEICHNIS

Von oben ist es eine andere Geschichte 9

Zwei Jäger 15

Erntezeit 21

Der Fußballfan 32

Ehrenrunde 45

Der Typ 52

Señor Serrano 65

Von der Notwendigkeit, das Meer zu sehen . . 73

Semper Fidelis 87

Leb wohl, Mariano, leb wohl 97

Freitags faule Süßkartoffeln 106

Die Zeiger der Uhr 125

Wie die Vögel 138

Die Spazierfahrt des Andrés López 150

Das Interview 159

Nachbemerkung 178

Anmerkungen des Übersetzers 179

Von oben ist es eine andere Geschichte

Für Kike und Silvia Blugerman

Man mußte Onkel Clorindo gesehen haben, wie er diesen Teufel ritt; schön war er anzusehen mit seinen siebzig Jahren und seinen zahllosen Falten, diesen feurigen Äuglein, dem Krempenhut, aus der Stirn geschoben, so daß die Abendsonne ihm noch nebenbei ins Gesicht schien, und mit seinem buschigen Schnauzbart, mit dem er von einem Ohr zum andern strahlte, während er mit ungewöhnlicher Begeisterung etwas Ähnliches behauptete wie: Na so was, von oben ist es eine andere Geschichte.

Ramírez, der Vorarbeiter, hatte ihn bei dem Fuchs zur Vorsicht gemahnt. El Impropio war ein gefährliches Tier, ein Stampfer, heimtückisch und hartmäulig. Dafür fand sich unter seinen Tugenden das, was Onkel Clorindo am meisten fesselte: die Schnelligkeit, eine Eigenschaft der edelsten Rennpferde der Provinz Corrientes. Von vorzüglichem Pedigree und knapp dreijährig hatte das Tier vor zwei Wochen bei seinem Debüt auf der San-Martín-Rennbahn den Meilenrekord auf schwerer Bahn errungen. »Stark und feurig«, hatte Onkel Clorindo an jenem Tag nach dem triumphalen Vorbeiritt vor den Tribünen erklärt und, während er seine Wettscheine zählte, frohlockt, als wäre das Pferd seines.

»Es fehlt nur noch, daß Sie ihn ein Weilchen

reiten«, hatte Dr. Alsina Mendoza bemerkt, Ex-senator der Republik aus der autonomistischen Partei und Besitzer des Tiers.

»Ich nehme Sie beim Wort, mein Freund«, entgeg-nete Onkel Clorindo, plötzlich feierlich geworden und von der Geste ergriffen.

Danach erklärte er tagelang aller Welt, er werde, wenn auch nur für einige Minuten, Reiter des be-rühmtesten, des vielversprechendsten Pferdes von Corrientes sein, des Pferdes, das den Reportern der Tageszeitung *El Litoral* zufolge die beste Generation Correntiner Vollblüter auf den Rennbahnen Palermo und San Isidro vertrete. Und an dem so herbeigesehn-ten Tag, an dem er zum Gestüt der Familie Alsina Mendoza kam – einem Dienstag im Februar, feucht und voller Vorzeichen –, schlug er selbstverständlich alle Empfehlungen und Warnungen in den Wind, die die Launen des Tiers betrafen.

Bei ihm, eigensinnig, eitel und eingebildet wie jeder Mann, der bald ein dreiviertel Jahrhundert gelebt hat, ohne je das Rauchen oder Trinken seinzu-lassen, und nicht einmal an einem – wie er sagte – »milchbärtigen und frechen kleinen Grippchen« er-krankt war, nutzten weder Argumente noch Drohun-gen. Wir wußten, daß er außerstande gewesen wäre, diese Gelegenheit vorübergehen zu lassen: Es war ein dem Kenner vorbehaltenes Vergnügen, trotz seines Alters ein solches Tier zu reiten – wie etwa eine Sonntag nachmittags in der Flußniederung erlegte Wildente am selben Abend in Weißwein gekocht mit Behagen zu genießen.

El Impropio von der Flanke aus ohne Hilfe zu besteigen, während er sein Fell streichelte, seine Muskeln anspannte und diese für sein Alter womöglich übertriebene Anstrengung auf sich nahm, um sich dann auf das Rückgrat des Tiers zu schwingen, lächelnd, glücklich wie eine glückliche Braut, und die Welt aus fast zwei Meter Höhe zu betrachten – das war eine Chance, die er um nichts auf der Welt verschenkt hätte. Wie konnte er auch die Gelegenheit ungenutzt verstreichen lassen, sich aus seiner Höhe zu brüsten, verantwortungslos, wenn er doch eine der berühmtesten, traditionsreichsten Gestalten des Reitsports im argentinischen Nordosten war, wenn sein Name stets mit den großen Preisen, mit der Überreichung der Pokale verknüpft war; und als unentbehrlich erwies sich doch auch seine Beratung beim Kauf von Reitutensilien während der unvergeßlichen Sportveranstaltungen des örtlichen Tattersalls oder bei der jeden Sonntag stattfindenden Wahl des für die Beschaffenheit eines jeden Tiers geeigneten Jockeys. Wie sollte er sich eine ähnliche Chance entgehen lassen, wenn er der fähigste Reiter der Gegend war und man sich noch an ihn erinnerte, dank seiner Tüchtigkeit und Ehrlichkeit als Leiter der Equipe von Linienrichtern, als es das moderne System des Fotofinish noch nicht gab; immer war Onkel Clorindo auf dem Posten und ließ sich alles mögliche einfallen, weil er keinen festen Beruf hatte; seine Freunde nannten ihn Zirkuslöwe, weil man, wie sie versicherten, mit der Peitsche knallen müsse, damit er sich in Bewegung setzte.

Und deshalb bestieg er den Fuchs, ohne Sattel, nachdem er ein paarmal an der Flanke hochgesprungen war, wie es ein junger Landarbeiter getan hätte. Und deshalb blickte er auch auf uns herab, kühn, auf unschuldige Weise durchtrieben, sich der Gefahr nicht bewußt, die dieses ungewohnte Gewicht für El Impropio bedeutete, für dieses Bündel aus Nerven und Muskeln, das sich nach wenigen Sekunden aufbäumte, Bocksprünge vollführte und auszuschlagen begann, während alle schrien, Vorsicht, Vorsicht, Don Clorindo, und wir Jüngeren, alarmiert, den Zorn des Pferdes zu beschwichtigen suchten, indem wir nach den Zügeln griffen, die der Hand des Alten entglitten waren, der sich im übrigen nicht aus der Fassung bringen ließ (oder sich dank seiner besonderen Art von Ignoranz der Gefahr nicht bewußt wurde) und dem Geschehen wie fremd gegenüberzustehen schien, als wolle El Impropio einen anderen Reiter abwerfen, und er behielt sein anmaßendes, unverantwortliches Lächeln bei, weil für ihn das einzig Wichtige, das wahrhaft Bedeutende dieses Augenblicks war, daß er selbst – und kein anderer – das berühmteste Pferd von Corrientes ritt, den Sieger des letzten klassischen Rennens der San-Martín-Rennbahn.

El Impropio brauchte keine zwei Sekunden, um den Greis durch die Luft zu schleudern, ihn wie eine lästige Fliege von seinem Rücken abzuschütteln, eine Zeitspanne, die nicht einmal ausreichte, daß wir alle unsere Angst herausschreien konnten, unsere nicht zu unterdrückende Furcht vor den Folgen für die zerbrechliche Unversehrtheit Onkel Clorindos, der noch einen Augenblick zuvor versichert hatte, von oben sei das eine andere Geschichte, eine kreolische Nachahmung Alexanders des Großen oder Attilas, dessen Pferd über Europas Weiden Unglück gebracht hatte.

Geräuschlos fiel er etwa fünf Meter neben El Impropio zu Boden, ohne daß seine Knochen zu protestieren wagten, ohne ein Ächzen, und verwunderlicherweise bewahrte er sein unverwüstlich sanftes Lächeln, den liebevollen Blick seiner feurigen Äuglein. Und dort, unter einem Kautschukbaum, der an einer Seite der Box stand, blieb er liegen, eingerahmt von Dutzenden aufs Geratewohl herabgefallener fünfblättriger gelber, rosa- und lilafarbener Blümchen, so schwach wie das Gelächter eines Schreivogels, so unvermittelt alt, daß er den Spott zu bestätigen schien, den wir Neffen mit den Worten, er sei faltiger als eine Schildkröte, auf ihn gehäuft hatten.

Er blickte uns einfach an, ohne auf den Besorgten zu achten, der noch hervorstammelte, rührt ihn nicht an, laßt ihn so liegen, ruft den Arzt, und er schien uns unsere Schuld zu vergeben, um gleich darauf El Impropio verzweifelt mit den Augen zu suchen, den er ohne Groll, dankbar, ich würde sogar sagen, mit Zärtlichkeit betrachtete, während das Tier erregt schnaubte, mit zitternden Lefzen, von denen weißlicher Schaum fiel, während es auf dem Zementboden stampfte und diesem, wie mir schien, sogar Funken entlockte. Auch El Impropio blickte ihn an, herausfordernd, hochfahrend, gleichsam stolz auf sein Blut. Wenige Sekunden später sagte Onkel Clorindo etwas zu ihm, unverständliches Lallen, vielleicht eine Geheimsprache, die nur das Pferd verstand. Gleich darauf blickte er uns mit feucht gewordenen Augen an, mit diesem unpassenden, widersinnigen und unvergeßlichen Lächeln, und sagte zu uns: »Seht, ich sterbe nach meinem Gesetz«, kurz bevor er die Augen schloß und sich streckte, starr, im Augenblick seines Todes.

So standen wir, ungläubig, und betrachteten ihn,

ohne irgend etwas zu begreifen, vielleicht verwirrt durch die überwältigend schnelle Abfolge der Ereignisse (dieser Tragödienstil!), bis wir Ramírez, den Vorarbeiter, ja, Herr Doktor, sagen hörten und er auf El Impropio zuging, um ihm stehenden Fußes eine Kugel ins Herz zu jagen, während er brummte, auch du, verdammt noch mal, und jemand hinter uns mit kühler berufsmäßiger Stimme die beiden Beerdigungen anordnete – noch für diesen selben Dienstag im Februar, feucht und voller Vorzeichen.

Zwei Jäger

Für Buby Leonelli

Guillermo Brackenbridge und Neneko Argüello waren zwei Paraguayer, Freunde meines Schwagers, die Ende der fünfziger Jahre oft zu uns zu Besuch kamen. Es waren zwei unsäglich ungebildete, derbe Typen, aber stinkreich und Besitzer einer riesigen Estancia in der Provinz Formosa, die dauernd von paraguayischen Revolutionären, die gegen Stroessners Regime kämpften, in Anspruch genommen wurde. Exzentrisch und umtriebig, wie sie waren, hatten sie nichts anderes im Sinn als ihr Vergnügen. Mein Schwager sagte immer, das politische Bewußtsein des Engländers – so nannten sie Guillermo – sei das eines toten Fisches. Für ihn war alles wertlos, wenn es nicht mit Frauen, Whisky und Glücksspiel gewürzt war. Er war ein riesengroßes Mannsbild, etwa einen Meter neunzig, blauäugig, blond wie französisches Brot, mit Stentorstimme, und Entenjagd vom Flugzeug aus war seine Leidenschaft.

Argüello war der ideale Partner eines Mannes wie er. Klein, schlank, brünett, mit Flötenstimme und dem feucht-lüsternen Blick eines Schoßhündchens, besaß er einen ungehemmten Geist, dem nur der Engländer zu folgen vermochte. Argüello kam irgendwohin, und seine Begrüßungsworte lauteten: »Hier ist Neneko, wo gibt's was zu vögeln?« Auch er war ein Liebhaber von Frauen, Whisky und Glücksspielen.

Beide leisteten sich plumpe Witze, die sie unerbittlich in Abwesenheit des anderen erzählten. Ich kannte viele Geschichten dieses Duos, doch keine so wahnwitzige wie die vom Sommer 1960, als wir ein paar Tage in Formosa verbrachten. Eines Morgens, gleich nach Sonnenaufgang, starteten die beiden im kleinen Hochdecker, einer alten einmotorigen Piper mit hohen Tragflächen, denn Neneko schwor, Entenschwärme seien an der Flußniederung gesichtet worden, Enten, Freundchen, sagte er, so groß, daß sie lesen und schreiben können, und stieß seine unverschämte alkoholische Lache aus.

An jenem Morgen starteten sie, und vom Dach der Estancia aus konnte man das Kleinflugzeug in der Ferne sehen, von Guillermo geschickt gesteuert, wie es in rasantem Tiefflug über die Lagune glitt, um die Enten aufzuscheuchen, die fraglos in großen Schwärmen verzweifelt schnatternd aufflogen, während Neneko aus der Luke mit halb heraushängendem Oberkörper unter Kriegsgeschrei Dutzende von Enten, Schnepfen, auch Reiher und sogar verirrte Papageien mit einem Maschinengewehr abknallte.

Und so einmal, zweimal und ein drittes Mal, in einem wahnwitzigen, von der Peonenschar vom Herrenhaus aus gefeierten Wirbelsturm, alle erregt durch den ohrenbetäubenden Lärm des Pipermotors, von den Schüssen, die Neneko unablässig wiederholte, während die Meute auf der Suche nach der Beute schon zur Flußniederung stob. Das Kleinflugzeug drehte seine fünfte oder sechste Runde dicht über den Bäumen, die den Blick auf die Flußniederung versperrten, da hörte man ein ungewohntes, seltsames Röcheln des Motors, die Maschine vollführte beim Versuch, wieder an Höhe zu gewinnen, einen Sprung nach oben, während Neneko sich von neuem aus der Bodenluke beugte, etwas schrie und ins Wasser fiel, genau im selben Augenblick, als der Peonentrupp einen Schrei des Entsetzens ausstieß und der alte Taí mir einen Stoß in die Rippen versetzte, der mir immer noch weh tut, wenn ich daran denke, und Scheißpiper sagte.

Dann herrschte Stille, und alle rannten – wir rannten – zur Flußniederung, die etwa fünfhundert Meter vom Haus und von der Landepiste entfernt lag; keuchend, verzweifelt rannten wir, bis wir Neneko fanden, der gerade in dem Augenblick aus dem Wasser kroch, übel zugerichtet, mit dem Patronengurt in der Hand, aber ohne Maschinengewehr. »Das Flugzeug, das Flugzeug«, murmelte er, wie irre, »der Engländer ist noch drin«, und er konnte sich kaum beruhigen. Jemand versuchte ihn zu besänftigen, aber vergebens; Neneko reagierte darauf, indem er ihn höflich abschüttelte, in die Gegend spähte und sagte: »Da ist sie« und auf den Schwanz der Piper deutete, tief im Wasser, ungefähr zweihundert Meter von der paraguayischen Grenze entfernt. Halb gehend, halb rennend stürzten sich er und drei Peones sofort ins Wasser, das ihnen bis zum Gürtel, bisweilen sogar bis zur Brust reichte, schüttelten Gestrüpp, schwimmende Inseln, tote Enten von sich und ruderten verzweifelt, wütend mit den Armen, bis sie zum Flugzeug gelangten.

Neneko kam als erster an. Vom Ufer aus beobachteten wir, wie er mit einer Kraft, die man ihm nicht zugetraut hätte, die Leinwand von der Seite der Maschine abriß und hineinkroch. Eine Ewigkeit später kam sein Kopf wieder zum Vorschein, und er winkte den Peones, die sofort tauchten und zu suchen begannen. Taí sagte zu mir: »Los, es ist ernst«, und auch wir gingen ins Wasser.

Es waren sieben Stunden der Angst, der Hoffnung, der Trostlosigkeit. Wir tauchten jeden Quadratzentimeter in der Umgebung des Flugzeugs ab, um Guillermos Körper zu finden. Stumm leitete Neneko die Operation durch Zeichen oder kurze Sätze, durch Anweisungen, die uns freilich überflüssig erschienen, denen wir aber trotzdem gehorchten, wenn auch nur aus Achtung vor seinem Schmerz. Er selber suchte unter dem Flugzeug, Zentimeter um Zentimeter, und lief dann das Ufer der Lagune ab, weil er dachte, der verletzte Guillermo könne sich vielleicht an einer trockenen Stelle erholen. Nach Mittag legten wir uns alle ans Flußufer zu den Hunden, die Dutzende von Enten apportiert hatten, aber außerstande waren, einen ihrer Herren zu finden. Neneko blickte uns an, einen nach dem anderen, als flehe er um Hilfe, die wir ihm nicht geben konnten; er stieß ein Stöhnen aus, das fast ein Schrei war, und fing an zu weinen.

Bei Einbruch der Nacht saßen wir auf der Veranda des Herrenhauses und tranken schweigend unseren Mate. Neneko rauchte eine Zigarette nach der anderen und trank unablässig Whisky. Er hatte nicht einmal seine Kleider gewechselt.

Da sahen wir Samaniegos Sohn näher kommen, Oberhirt des jenseits der Lagune liegenden und Paraguay zugewandten Teils der Estancia. Er ritt einen

Apfelschimmel und führte einen reiterlosen Braunen am Zügel.

Der junge Mann grüßte und fragte vom Gatter aus, ohne abzusitzen, ob Argüello da sei; Neneko erwiderte, ohne den Blick zu heben und ohne das Glas, das er seit Stunden umklammert hielt, abzustellen: »Was gibt's, Junge?« Nun sagte der junge Mann mit bedächtiger Stimme, halb in Guaraní und halb in Spanisch, »Dort, im Haus, is Don Guillermo, bei meim Alten, sagt, sein Schrecken ist überstanden, und kommen Sie doch, einen Guisky mit ihnen zu trinken.«

Faustschläge auf seine Knie hämmernd, sprang Neneko von seinem Stuhl auf, sagte: »Dieser Hurensohn ist ein Hurensohn«, schwang sich auf den Braunen und sprengte wild fluchend im Galopp davon.

Schon nach dem Abendessen, als wir uns alle bei Wein und Zuckerrohrschnaps entspannten, die die Berge Entenbraten verdauen halfen, kehrten Neneko und Guillermo sternhagelvoll zurück. Sie stanken nach Whisky, fielen von ihren Pferden und torkelten, Arm in Arm einander stützend, laut lachend und Zoten reißend auf das Haus zu. Nachdem wir alle die Rückkehr des lebendigen Guillermo mit Beifall bedacht hatten, sagte Neneko: »Aber das ist noch nicht alles, verflucht noch mal, jetzt wirst du mir zahlen, was ich um dich ausgestanden habe«, und er versetzte seinem Freund einen solchen Stoß, daß dieser auf den Boden des Patio, der zum Herrenhaus gehörte, stürzte, zog seinen Revolver aus dem Halfter und schrie ihn an: »Sieh mal, Freundchen, wie ich dir meine sechs Schuß glatt über die Flanken jagen könnte, Scheißengländer«; er ballerte mit unglaublicher Treffsicherheit los, ohne ihn zu verletzen, und rief zwischen einem Schuß und dem nächsten: »Wie hast du mir das nur antun können, Freundchen, siehst du nicht, daß ich den ganzen Nachmittag geheult habe?« Guillermo machte nur den Mund auf, erbleichte, als er sah, wie die Kugeln um Haaresbreite neben ihm in den Boden zischten, schnappte nach dem letzten Schuß kurz nach Luft, lief blau an und fiel in Ohnmacht.

Und erst dann bat Neneko um Essen, man setzte ihm eine Platte mit gebratenen Enten vor, die er blitzschnell verschlang, worauf er mehr Whisky verlangte und, den Gürtel lockernd, sagte: »Da wir gerade dabei sind, weckt ihn, wir wollen mit der Scheiße weitermachen.«

Erntezeit

Für Erskine Caldwell, dessen Ein-
fluß ich mich nicht entziehen konnte
– vielleicht, weil sein Land und mein
Land die unendlichen und unergründ-
lichen Geheimnisse dieses Amerika
teilen.

Jedesmal wenn Juan Gómez einen Bauernhof verließ,
seufzte er tief, nachdem er das Gatter durchschritten
hatte, zog die Schultern ein und marschierte gute
hundert Meter. Er suchte sich ein schattiges Fleck-
chen, legte sich auf die Erde, die Hände im Nacken,
pfiff ein paar Sekunden lang durch die Zähne, beobachtete den Flug eines Sittichschwarms und murmelte
schließlich sanft:

»Verdammte Hurenwirtschaft.«

Allmählich begriff er, daß das Leben noch bitterer
war, als er schon immer gewußt hatte. Seit einer
Woche war er auf Arbeitssuche. Man hatte ihm
gesagt, im Gebiet um Quitilipi würden Tagelöhner
gebraucht, doch wie er jetzt sah, daß die Erntearbeit
auf allen Kleingütern schon vorgerückt war, wurde
ihm die Nutzlosigkeit seiner Pilgerschaft bewußt. Es
war nicht mehr wie zu den Zeiten, die ihn an die
Worte des Nepomuceno erinnerten, daß die beste Zeit
die Erntezeit sei, wenn der Chaco wie in Weiß
gekleidet erschien und jedermann sich aufs Baumwollpflücken stürzte. Jedes Jahr wurde weniger ange-
pflanzt, auf den Kleingütern beklagten sich alle über
die Regierung (die sich vor Krediten drückte und die
Einfuhr jener Fasern zuließ, die die Preise verdarben,
so hatte er gehört), und natürlich wurde weniger

Land bebaut, es gab weniger zu ernten, weniger Arbeit, weniger Geld. Obendrein herrschten im einen Jahr Trockenheit und im nächsten Überschwemmungen. Alles war aus dem Lot.

Dann raffte er sich langsam auf, schüttelte den Staub von seiner Hose und machte sich wieder auf den Weg, wobei er spürte, wie die sandige Erde durch die kleinen Löcher seiner Hanfschuhe zwischen seine Zehen kroch. Immer wieder überprüfte er besorgt sein kleines Bündel und stellte fest, daß ihm nur wenige Brote verblieben, obwohl er kaum davon aß; darauf schritt er wieder unbeirrt aus, um seine Dienste da und dort in der Hoffnung anzubieten, dank seiner Verschwiegenheit und Gefügigkeit werde jemand ihm irgendeine Arbeit auftragen, und begierig, ein paar Münzen zusammenzukratzen, bis er am Ende jedes Tagesmarschs sparsam an einem Kanten Brot knabberte und optimistisch dachte, alles werde sich ändern, weil Erntezeit war; und dann legte er sich unter einem Baum auf den Erdboden und schlief tief.

Gegen Ende des achten Vormittags verließ er – von neuem abgewiesen – ein Kleingut mit Namen La Rosita und legte eine halbe Legua nordwärts zurück, als lenke er seine Schritte zur Pampa del Indio, bis er in etwa hundert Metern Entfernung an der Landstraße einen Laden erblickte. Es war ein altes, rechteckiges, flaches Haus mit je einem riesigen Lapachobaum zu beiden Seiten, vor dem eine uralte klapprige Zapfsäule mit Handkurbel stand. Er verspürte Durst und beschleunigte den Schritt. In der vergangenen Nacht hatte er sich vorgenommen, nicht zu essen, damit sein geschrumpfter Proviant einen Tag länger ausreichte.

Er beschloß, jetzt ein ganzes Brot zu essen, während er sich dem Laden näherte; dort wollte er eine Flasche Zuckerrohrschnaps kaufen, um sich damit Mut zum Weitermarschieren zu machen. Er würde sie in seinem Bündel mitnehmen; so könnte er sich, wenn er eine Rast einlegen wollte, in Gesellschaft fühlen. Der Einkauf würde ihn über die Hälfte seiner Barschaft kosten, doch schnell sagte er sich, daß ihm dieses Mindestmaß an Wohlleben zustehe; er war ziemlich abgemagert, und der Strick, den er als Gürtel benutzte, saß jetzt um mindestens zwei Zentimeter enger. Das Schlimmste war seine anhaltende Traurigkeit und daß sich keine Gelegenheitsarbeit ergab; vorläufig noch nicht der Hunger.

Er zog ein Brot hervor, das steinhart war, bespuckte und beleckte es, damit es etwas weicher würde, und vermochte dann ein Stück herauszubrechen. Die lotrecht fallende Sonne brannte ihm auf den Schädel, und er mußte sich mehrmals mit dem Ärmel das Gesicht abwischen; die vom Nordwind angewehten Sandkörner blieben auf seiner schweißnassen Haut kleben, und er mußte sie mitkauen. Er überlegte, daß der Regen jeden Augenblick herunterprasseln müßte, sobald die heißeren Windstöße nachließen und der Himmel ganz bedeckt wäre. Hinterher würde die Feuchtigkeit unerträglich sein, doch er dachte daran, daß er beim Marschieren den köstlichen Geruch von feuchter Erde atmen und das frische Grün des Waldlands sehen würde.

Während der letzten Meter vergegenwärtigte er sich alle Kleingüter, die er aufgesucht hatte und wo die Tagelöhner in der lastenden Stille des Chacosommers fieberhaft arbeiteten, mit ihren bis zu den

Ohren heruntergezogenen Strohhüten und den uner-
läßlichen um den Hals geschlungenen feuchten Ta-
schentüchern. Er besah seine Hände und spürte, wie
verhärtet und begierig auf das Baumwollpflücken sie
waren, während in ihm eine Woge von Neid und Wut
anwuchs, wie ein Juckreiz, ein jäher Drang, mit den
Fingern in die Kapseln zu fassen, um sie aufzubrechen
und die Hornhaut seiner Fingerspitzen von neuem
bluten zu sehen.

»'n Tag . . . « sagte er beim Eintreten.

Er wandte sich zur Theke, die etwa vier Meter von
der Tür entfernt war, in einem trügerischen Halbdun-
kel, an das seine Augen sich nur mühsam gewöhnten.
Der Fußboden war gefliest. Von den drei kleinen
viereckigen Tischen waren zwei besetzt: an einem saß
ein Dunkelhäutiger mit breiten Schultern und Armen, die einen Traktor stemmen konnten, und hielt
ein Nickerchen oder schlief seinen Rausch aus; an dem
anderen hockten drei Bauern, die wie Drillinge aussahen – mit ihren gleichen dünnen Bärtchen, kaum
nasenbreit, und den tief in die Stirn gezogenen breit-
krempigen Schlapphüten, unter denen buschiges
Kraushaar hervorquoll – und unterhielten sich lustlos,
wie Taubengekoller.

»Was willst du hier?« fragte die Frau, die mit
aufgestützten Ellbogen hinter der Theke stand. Sie
mochte vierzig Jahre alt sein, mit Brüsten wie reife
Papayas und Pranken, die zwei fetten Vogelspinnen
glichen.

»Zuckerrohrschnaps«, antwortete Juan Gómez.
»Eine Flasche.«

Die Frau drehte sich um und hielt dann die Flasche
in der Hand, als habe sie sie aus der Luft gegriffen.

»Macht dreihundert.«

»In Ordnung.« Juan Gómez kramte in seinen Taschen, zählte drei Scheine ab, glättete sie und legte sie auf die Theke. Sie nahm sie, ohne nachzuzählen, und steckte sie zwischen ihre Brüste.

»Wenn Sie mir ein Glas leihen, würde ich gerne einen Schluck nehmen.«

Sie blickte ihn unverwandt an, als habe sie nicht gehört.

»Ein Glas«, wiederholte er. »Geben Sie mir ein Glas.«

»Nein, du gehst jetzt.«

»Aber leihen Sie mir doch ein Glas. Nur für einen Schluck.«

»Nein, hab' ich gesagt. Nichts kriegst du. Wir wollen euch hier nicht.«

»Wer ist wir?«

»Ihr Tagelöhner von auswärts. Es gibt nicht mal Arbeit für uns, und ich weiß nicht, was ihr hier sucht. Völlig umsonst. Und drückt noch die Löhne.«

»Schon gut, Frau Chefin, ich schau' ja nur. Auf eigene Rechnung. Ich bin allein und falle niemand zur Last. Und ich bitte nur um ein Glas, um von dem Schnaps zu trinken, den Sie mir verkauft haben; dann gehe ich sofort.«

»Nein, du gehst gleich. Raus mit dir. Wir wollen euch hier nicht.«

»Ich bin allein unterwegs, Chefin, das habe ich eben schon gesagt. Und schmeißen Sie mich nicht so raus, ich bin kein Hund.«

»Raus, verdammt noch mal!«

Juan Gómez sah sie fest an und verengte die Augen, die sich in zwei kleine finstere, haßerfüllte Schlitze verwandelten. Er merkte, daß die Stammkunden stumm seinem Wortwechsel mit der Frau lauschten, während die Temperatur um ein paar Grad gestiegen zu sein schien. Bevor er antworten konnte – oder bevor er sich entschloß zu antworten, denn etwas in seinem Innern riet ihm, ruhig zu bleiben –, erschien ein Mann hinter der Frau, größer als sie, halb kahl und rund wie ein Paloborrachostamm, mit einem so glanzlosen und kalten Blick wie ein Toter. Er fragte, was los sei, und sie antwortete ihm ohne Zögern: »Der geht mir auf die Nerven, Pegro. Will nicht gehen, obwohl ich ihm gesagt habe, wir wollen hier keine Scheißtagelöhner.«

Der Dicke blickte Juan Gómez an.

»Was willst du? Prügel?«

»Nein, Chef, hab' nur um ein Glas gebeten, um von meinem Schnaps zu trinken. Ich habe Durst.«

»Kommst du aus Saespeña?«

»Aus Napenay.«

»Ist das gleiche. Wer schickt dich her?«

»Niemand.« Juan Gómez lächelte und zuckte mit den Schultern. »Ich bin allein.«

»Und wohin gehst du?«

»Wo ich Arbeit finde.«

Der Dicke betrachtete ihn geringschätzig mit seinem eiskalten Blick, und es war, als senke er ein dichtes, vernichtendes Schweigen auf die Stammkunden herab; dann murmelte er verächtlich etwas, während er fast zugleich aus dem Mundwinkel schwarzen zähen Schleim ausspuckte und eine verschwitzte Hand ausstreckte, die Juan Gómez' rechte Schulter berührte und ihn zurückweichen ließ.

»Schaut euch den Hurensohn an!« röchelte der

Dicke heiser den anderen zu. »Sucht Arbeit, die er euch wegnimmt, einfach so, und fühlt sich nicht mal schuldig. Dafür schleppen sie die her, um die Leute hier zu verarschen! Verkaufen sich wie die Huren, drücken die Löhne und nehmen uns die Arbeit weg!«

»Nein, da täuschen Sie sich«, erwiderte Juan Gómez, bemüht, den Dicken mit Gesten zu beschwichtigen. »Ich will niemand was wegnehmen. Jedem das Seine, der Kies, den er verdient hat. Niemand hat mich hergeschickt. Bin allein gekommen.«

»Dich hat der Ramíre hergeschickt, lüg doch nicht.«

»Welcher Ramíre? Kenne ich nicht.«

»Doch, der hat dich hergeschickt, um die Leute zu verarschen, um sie zu ärgern; genau deshalb.«

Der breitschultrige Dunkelhäutige war aufgestanden und trat auf Juan Gómez zu; mit beiden Händen packte er ihn am Hemd, das riß, und sagte leise, wobei er ihm seinen lauwarmen Atem ins Gesicht blies: »Du Hurensohn.«

Juan Gómez wich einen Schritt zurück, während er sein Blut ins Gesicht schießen fühlte. Er bekam Angst und verbiß sich eine Antwort. Sein Herz war aus dem Rhythmus geraten und hämmerte ungestüm gegen seine Rippen. Die drei Bauern am anderen Tisch standen gleichfalls auf und näherten sich der Theke. Juan Gómez wich noch einen Schritt zurück und stellte sich so hin, daß niemand hinter ihn treten konnte; er blickte verstohlen zur Tür, durch die ein warmer, breiter Lichtstrahl fiel, und bereute, eingetreten zu sein.

»Ramíre hat dich im Lastwagen hergebracht«, behauptete der kleinste der Bauern. »Ich habe dich heute früh gesehen, als Ramíre einen Lastwagen voll Leute aus Quitilipi gebracht hat; Indios und dergleichen; und der hier war dabei.«

»Der will doch aus Napenay sein«, sagte ein anderer zweifelnd.

»Und wenn's so ist, kümmert's mich einen Scheißdreck«, warf der Dunkelhäutige ein und schlug Juan Gómez mit der flachen Hand heftig mitten ins Gesicht.

Dann versetzte er ihm einen ordentlichen Haken gegen die Kinnlade, der ihn durch die Luft und auf einen Tisch schleuderte, von dem er zu Boden stürzte. Er kam nicht dazu, sich hochzurappeln: ein Gewirr von Beinen trampelte auf seinem Körper herum, so daß er sich nur mit den Armen zu schützen vermochte, während er die eigene Stimme seinen Schmerz und seine Ohnmacht herausschreien hörte. Die aufgestachelte Frau spornte die Männer an. Juan Gómez, der im Mund eine klebrige, salzige Flüssigkeit spürte, rollte sich auf die Seite und sah sein eigenes Blut. Es gelang ihm, sich wegzuwälzen und auf die Füße zu kommen. Er empfing einen heftigen Schlag, als hätte man ihm einen Hieb mit einem Spaten versetzt, und stürzte zur Tür. Der Dicke, der Pedro hieß, versuchte ihn festzuhalten, indem er ihn am Hemd packte, aber Juan Gómez trat ihm mit aller Kraft in die Hoden und rannte auf die Straße hinaus, während der andere vor Schmerz aufheulte und zu Boden ging.

Er rannte in der Gewißheit, verfolgt zu werden. Augenblicke später blickte er zurück und konnte feststellen, daß ihm im Abstand von etwa hundert Metern der Dunkelhäutige und zwei der Bauern nachrannten; einer von ihnen hielt eine Flinte in der

Faust. Juan Gómez bog instinktiv von der Landstraße ins Buschland ab und preßte die Schnapsflasche gegen die Brust. Verzweifelt schlug er den Flaschenhals gegen einen Johannisbrotbaum und hob die Flasche an den Mund; gierig trank er die Flüssigkeit, ohne darauf zu achten, ob das zersplitterte Glas ihm die Lippen zerschnitt, so als müsse er plötzlich sein eigenes Blut versüßen, und als er den Lauf wieder aufnahm, noch immer die Flasche in der Hand, merkte er, daß er weinte.

Er wußte nicht, wie lange er gelaufen war, doch als er sich erschöpft mit dem Gesicht zu Boden niederwarf, fühlte er, daß seine Beine zitterten und seine Hände nicht mehr den von seinem Gehirn gesandten Befehlen gehorchten. Er wußte, daß sein einziger Ausweg die Flucht war, doch sein entkräfteter Körper ließ sich nicht aufrichten. Er hob den Kopf und sah, daß alles verschwamm. Sein Schweiß, sein Blut, das noch immer aus der linken Braue rann, und die süßen Reste des Zuckerrohrschnapses trübten seinen Blick. Er stellte die zerbrochene Flasche zur Seite und wischte sich mit dem Hemdsärmel über die Augen. Er weinte nicht mehr. Er richtete sich mühsam auf und stellte fest, daß er sich auf einer Lichtung befand; er stützte sein ganzes Gewicht auf einen Ellbogen und sah sich um, lauschte aufmerksam auf die Geräusche des Buschlands, bis er einen riesigen Guajakbaum erkennen konnte, doch schon vernebelte sein Blick sich wieder. Er hob eine Hand zu den Augen und fuhr erschreckt vor dem Anblick des Blutes daran zurück. Jetzt hörte er Hundegebell.

Mit einem Satz sprang er auf und rannte trotz

Ermüdung und Schmerz wieder los; er verfing sich im Gestrüpp, stachlige Büsche zerkratzten ihm Arme und Gesicht und zerschlissen seine Hosenbeine und die Überreste seines Hemdes. Doch seine Angst wog mehr als all das – vielleicht weil die Angst ein stärkerer Schmerz ist als der Schmerz selber. Er kam nicht weit; das wütende, unerbittliche Hundegebell war immer deutlicher zu hören. Und er kannte die Hunde im Buschland, ihren Spürsinn, ihre Hartnäckigkeit.

Keuchend blieb er vor einem über einen Meter Durchmesser dicken Quebrachostamm stehen und sank schwerfällig zu Boden. Sein Herz erzeugte beim Pochen dumpfe Geräusche und betäubte ihn, und sein Schnaufen trocknete ihm den Mund aus; seine Beine waren wie Zigarrenasche, die der Wind fortwehen konnte; seine Kinnlade vollführte plötzlich ein ver-rücktes Kastagnettengeklapper, über das er keine Gewalt hatte, bis sie sich mit einemmal verkrampfte und seine Zunge lähmte.

Wieder erschreckte ihn beängstigend nahes Hunde-gebell, doch nun hatte er nicht mehr die Kraft, weiterzufliehen. Er versuchte nicht einmal, sich auf-zuraffen; er hob die Flaschenhälfte, die sich wie eine Glaskrone öffnete, und schlürfte einen kurzen Schluck. Er leckte den letzten Tropfen ab, gleichgül-tig gegenüber den Verletzungen, die er sich dabei zufügte.

»Hierher!« schrie eine Stimme, so nah, daß sie in seinen Ohren widerzuhallen schien.

»Lauf dem Hund nach, Pegro!« drängte eine Stimme, die kaum weiter entfernt war.

Juan Gómez fuhr sich mit einer Hand über das Haar, während er unterdrückt aufschluchzte. Er schloß die Augen und lehnte sich an den Baum, während er sich fragte, wie er in diese Lage geraten konnte, ausgerechnet zur Erntezeit, wenn im ganzen Chaco alles besser wurde. Aber eine Sekunde später, als er die Hunde über sich herfallen sah, wußte er, daß er es nie erfahren würde.

DER FUSSBALLFAN

Am 29. Dezember 1968 schlug der Verein Vélez Sársfield den Racing Club 4:2. In der neunzigsten Spielminute schoß der Torjäger Omar Wehbe das vierte Tor für die siegreiche Mannschaft, die zehn Sekunden später zum ersten Mal in ihrer Vereinsgeschichte nationaler Fußballmeister wurde.

Zum Andenken an meinen Vater, der starb, ohne Vélez Sársfield als Fußballmeister erlebt zu haben

Tooooor für Velesarfiiiiiillll!« brüllte Fioravanti.

»Tor! Pfundstor, Menschenskind!« Amaro Fuentes sprang auf und hämmerte sich vor dem Radio auf die Knie.

Sein ganzes Leben lang hatte er von diesem Triumph geträumt. Er war fünfundsechzig Jahre alt, jüngst pensionierter Postbeamter und noch immer Junggeselle, und sein Dasein verlief regelmäßig genug und frei von Aufregungen, so daß er allein von diesem Tor ergriffen sein konnte, hatte er doch zahllose Sonntage darauf gewartet, hatte er es doch auf tausend verschiedene Arten im Geiste durchlebt. Geboren in Ramos Mejía, als ganz Ramos Fan des damaligen Club Argentinos de Vélez Sársfield war, wußte Amaro mit Sicherheit, daß er diesen Namen gleichzeitig mit dem Wort »Papa« auszusprechen gelernt hatte, so wie er sich auch daran erinnerte, seine ersten Schritte mit einem kleinen Stoffball zwischen den Füßen im Hof des väterlichen Hauses versucht zu haben, vier Blocks vom Bahnhof entfernt, als es noch Pferdekorrale gab und die kleinen Jungen sich zum Fußballspielen trafen, bis sie Fortschritte machten und sich nach und nach dem Verein näherten, um sich in der neunten Liga einzuschreiben.

Seit damals blieb sein Leben mit dem von Vélez Sársfield verknüpft (und zwar auf eine so fundamentale Weise, daß ihm das geraume Zeit nicht zum Bewußtsein kam), vielleicht weil alle, die ihn kannten, ihm eine vielversprechende Fußballzukunft voraussagten, vor allem als er im Alter von siebzehn Jahren in die dritte Liga kam, wo er Torjäger wurde. Doch vielleicht wurde seine Bindung beim Tod seines Vaters, einen Monat nachdem man ihm den Einstieg in die erste Liga versprochen hatte, noch enger, denn nun, gezwungen, seinen Lebensunterhalt zu verdienen, musterte er als Schiffsjunge auf den Dampfern der Mihánovich-Linie an und hörte mit einem Schmerz in der Seele, der nie wich, zu spielen auf, auch wenn er in seinem Handkoffer stets das Trikot mit der Nummer Neun auf dem Rücken mitführte, Jahre hindurch, wohin auch die Reise ging. Und er besaß es noch, als er auf den Dampfern der Strecke Buenos Aires–Asunción–Buenos Aires zum Ersten Bordkommissar aufrückte, und so auch an jenem Maitag des Jahres 1931, als die *Ciudad de Asunción* in Puerto Barranqueras Havarie erlitt und einen fünftägigen Halt einlegen mußte und er, ohne genau zu wissen, warum, lange sein Trikot betrachtete, als verabschiede er sich von einem geliebten Toten, und beschloß, von Bord zu gehen, somit desertierte und seine wenigen Pesos im Hotel Chanta Cuatro ausgab; später verkaufte er Lotterielose, glaubte sich in eine brasilianische Prostituierte mit Namen Mara verliebt zu haben, die an Tuberkulose starb, arbeitete als Kellner in der Bar La Estrella und verdiente sich sein Leben mit Gelegenheitsarbeiten, bis er dieses Pöstchen im Postamt erhielt, als Briefträger mit einem Fahrrad, das ihm sein Vorgesetzter lieh.

Seit damals bedeutete jeder Sonntag für ihn die Verpflichtung, die Ausscheidungsspiele der Vélez-Mannschaft zu verfolgen, was ihm keinen geringen Verdruß einbrachte: Fast vierzig Jahre lang mußte er den Spott seiner Freunde, seiner Postkollegen, der Thekengenossen der Estrella-Bar ertragen, weil in Resistencia alle für die Mannschaft von Boca oder River waren, so daß er sich jeden Montag von der Debatte ausgeschlossen sah, weil die Vélez-Spieler nie in der Nationalmannschaft aufgestellt wurden, nie die Torschützenliste anführten, ihre Torwarte nie die am seltensten besiegten waren; und Cosso, Torschützenkönig von 34 und 35, Conde von 54, Rugilo, Torwart der Nationalmannschaft (der sich zum Helden mit dem verdienten Beinamen »Löwe von Wembley« aufgeschwungen hatte), waren nichts als Ausnahmen. Vélez' Mittelmäßigkeit war die Regel; und es passierte höchstens, daß ein einzelner Spieler glänzte, der dann im darauffolgenden Jahr mit an Sicherheit grenzender Wahrscheinlichkeit von einem großen Verein eingekauft wurde. Und so wurden seine Idole Spieler von Boca oder River. Und die seiner Freunde, seiner Kameraden von der Bartheke.

Natürlich waren ihm einige Genugtuungen zuteil geworden: 1953 zum Beispiel, das ruhmreiche Jahr der Vizemeisterschaft, als die Mannschaft dicht hinter River die Tabellenspitze erklomm. Oder jene Spielzeiten, in denen Zubeldía, Ferrero, Marrapodi im Tor, Avio und Conde mehr oder minder erfolgreiche Teams bildeten. Sie alle wurden in die Nationalmannschaft berufen: Ludovico Avio nahm 1958 an der

Weltmeisterschaft in Schweden teil und schoß sogar ein Tor gegen Nordirland. Amaro hatte Fioravanti sehr gut zugehört, als dieser von der anderen Seite der Welt aus über dieses Spiel berichtete, und er sah Avio in Stockholm im himmelblau-weißen Dreß, bewundert von Tausenden von haargenau gleichen Blondschöpfen, genau wie die Chinesen, nur umgekehrt, und daher war es ihm gleichgültig, daß die Tschechen Carrizo sechs Tore reinschossen, schließlich gehörte Carrizo zu River.

Amaro konnte sich an jeden Sonntag der letzten siebenunddreißig Jahre erinnern, denn alle waren gleich gewesen: Stets saß er fast drei Stunden lang in Unterhosen vor dem alten riesigen Radiogerät, fächelte sich Luft zu und trank Mate, während er sich die Fußnägel schnitt. Damals wurden die von Vélez bestrittenen Spiele nicht übertragen; nur die Aufstellung der Mannschaft wurde mitgeteilt, Fioravanti wurde jedesmal unterbrochen, wenn ein Tor fiel oder ein Elfmeter geschoßen wurde, und zum Schluß wurden die Einnahmen und das Spielergebnis durchgesagt. Doch das genügte.

Jeden Montag um drei Viertel sechs, wenn er zur Post ging, kaufte er an der Ecke des Domes *El Territorio* und las im Gehen die Tabelle durch, stellte Mutmaßungen über den Platz von Vélez an, bereit, den Spott seiner Kameraden zu ertragen, die Kommentare über Bocas und Rivers Spielerfolge anzuhören.

Genaro Benítez, der kleine Lehrling, der später im Río Negro vor dem Regattaclub ertrank, provozierte ihn stets: »Na, Amaro, warum wirst du kein Fan von Boca, ha?«

»Halt's Maul, Schlappschwanz«, erwiderte er stoisch, ohne ihn anzublicken, während er seinen Postsack vorbereitete, die Briefe Straße für Straße mit resignierter Miene ordnete und sich vorzustellen versuchte, daß Vélez eines Tages die Meisterschaft gewinnen werde. Dabei malte er sich den Neid aller aus, die Glückwünsche, und er sagte sich, das würde die Revanche seines Lebens sein. Es störte ihn nicht, daß das Abstiegsrisiko für Vélez stets größer war als die Chance, aufzusteigen. Jedes Jahr, wenn die Mannschaft eine vielversprechende Spielzeit begann, war Amaro Optimist und wehrte sich gegen das widerwärtige Gefühl, daß an irgendeinem Sonntag unerbittlich das Verhängnis begänne, das sich dann natürlich auch einstellte und in ihm eine tiefe Niedergeschlagenheit auslöste, während der er sich gescheitert vorkam, sich in sich selbst verkroch und nicht mehr in die Estrella-Bar ging, bis ein anständiges Ergebnis ihm wieder auf die Beine half. Ein Unentschieden zum Beispiel, vor allem, wenn es gegen Boca oder River erzielt wurde, diente ihm als Ausrede, seine Schritte wieder in die Estrella-Bar zu lenken, lächelnd die überheblichen Blicke zu übersehen und die Stammkunden der Theke zu begrüßen: Julio Candia, Weiße Mütze, Barato Smith, Puchito Aguilar, Diosmelibre Giovanotto und viele andere, in ihrer Mehrzahl Bankangestellte und Staatsbeamte, alte Junggesellen, einige Witwer, die wenigsten unter ihnen Pensionäre (nur die beiden Alterchen, Angel Festa, der sich darüber beschwerte, nicht ein Mal im Leben in der Lotterie gewonnen zu haben, auch wenn er nie ein Billett gekauft hatte, und Lindor Dell'Orto, der italienische Weiberheld, der, mit siebenundfünfzig Jahren Vater geworden, für seine Tochter keinen besseren Namen als Dolores gefunden hatte, und das mit diesem Nachnamen), doch alle waren sie Einzelgänger, bissig und grausam, ausgestattet mit jenem ätzenden Humor, den die verlorenen Jahre bescheren.

In dieser Umgebung ließ Amaro keine Gelegenheit aus, die Geschichte von Vélez in Erinnerung zu rufen. Stundenlang konnte er über die Gründung des Vereins reden, an jenem 1. Mai des Jahres 1910, oder den alten Namen heraufbeschwören, der bis 23 im Gebrauch war, und es versetzte ihn in nostalgische Stimmung, wenn er sich an das alte grün-weiß-rot quergestreifte Trikot erinnerte, das bis 40 in Benutzung war und das er noch immer in seinem Kleiderschrank verwahrte. Auch die Sticheleien, die Langeweile und die wortreichen Blähungen, mit denen alle in der Estrella-Bar seine Erinnerungen aufnahmen, machten ihm nichts aus. Aber als 41 Vélez abstieg, befand Diosmelibre: »Amaro, sprich mir nicht mehr vom Tabellenplatz in der zweiten Liga«, und so schwieg er zwei Jahre hindurch, gequält, und gab insgeheim dem neuen Trikot die Schuld, diesem weißen Trikot mit dem blauen V, das er bis 43 haßte, ein Jahr, in dem die schlechten Leistungen ihn in so abgrundtiefe Trostlosigkeit stürzten, daß er montags nicht mehr die Estrella-Bar aufsuchte, um seine Freunde nicht hören, ihre spöttischen Gesichter nicht mehr sehen zu müssen. Am meisten schmerzte ihn jedoch, daß er sich des Vélez-Vereins schämte. Derart niedergeschlagen durchlebte er jene Jahre, daß ihn seine Vorgesetzten auf der Post wiederholt zur Ordnung rufen mußten, bis Señor Rodríguez, sein Chef, den Grund seiner tiefen Betrübnis begriff. Rodríguez,

Fan von Boca und gewohnt, Triumphe auszukosten, empfand Mitleid mit Amaro und gewährte ihm eine Woche Urlaub, damit er nach Buenos Aires fahren und sich dort das Endspiel um die Meisterschaft in der zweiten Liga ansehen konnte.

Es war ein feuchtheißer November. Seit jenem Morgen, an dem die *Ciudad de Asunción* auf ihrer letzten Reise mit Kurs auf Paraguay dort angelegt hatte, war Amaro nicht mehr in der Hauptstadt gewesen. Er erkannte sie kaum wieder, fand sie ausgedehnt, höher, weltstädtischer denn je und fast ohne den provinziellen Anstrich der zwanziger Jahre. Er schenkte es sich, die beiden Tanten zu besuchen, die er seit so langer Zeit nicht gesehen hatte, und schlenderte fünf Tage lang durch den Stadtteil Liniers, sich seiner Kindheit erinnernd, umkreiste den Sportplatz von Villa Luro, und am Freitag vor dem Spiel ging er zum Training und drückte das Gesicht gegen den Drahtzaun, begierig, mit einem der Spieler zu sprechen, doch ohne es zu wagen. Er hatte einfach den Eindruck, die besten Jungens der Welt vor sich zu sehen; er stellte sich den Kampfgeist eines jeden vor, betrachtete sie wie gute, zartfühlende Burschen, die ihr Leben dem Fußball opferten, ebenso verliebt in ihren Dreß wie er selber, und er wußte, daß Vélez in die erste Liga zurückkehren werde.

An jenem Sonntag füllte sich das Fortín-Stadion von zwei Uhr nachmittags an, doch Amaro saß seit elf Uhr vormittags auf der Tribüne. Die Sonne traf ihn von vorne bis zur Mittagsstunde, und das Spiel begann, als sie ihn in den Nacken stach, und er fühlte, daß er einen der Höhepunkte seines Daseins erlebte. Er dachte an die jungen Leute im Postamt, an der

Theke von La Estrella, an alle Sonntage, die er samt und sonders in Unterhosen und in Abhängigkeit von dieser Mannschaft erlebt hatte und die er jetzt vor sich sah. Ihm schien, als warte ganz Resistencia auf das Glück, das Vélez an diesem Nachmittag beschieden sein werde. Keinesfalls konnte er zugeben, daß irgend jemand ihr eine Niederlage wünschte. Sie setzten ihr zu, das ja, doch er wußte, daß alle wünschten, Vélez möge im nächsten Jahr wieder in der ersten Liga spielen.

Er schaute dem Spiel zu, ohne es zu sehen, und weinte vor Erregung, als das Tor des Kleinen, des García, Triumph und Aufstieg von Vélez besiegelte. Und als er das Stadion verließ, strahlte sein Gesicht, seine feuchten Augen glänzten, seine Hände schwitzten, ein Kloß saß ihm in der Kehle, doch ein Mordskerl, der Amaro, ein toller Typ, sagte er zu sich und wiegte den Kopf nach links und rechts, und dann trampelte er auf einem Stein herum und ging weiter, Richtung Bahnhof, in der rötlichen Dämmerung, welche die Gebäude verschluckte, und in derselben Nacht bestieg er den Internacional nach Resistencia.

Fortan versetzte sich Amaro jeden Sonntag in seiner Phantasie nach Buenos Aires, immer noch stolzgebläht, erlebte den Nachmittag des Triumphes, dachte wieder an den Dreikäsehoch García und sah ihn den Ball beherrschen, Haken schlagen und auf das gegnerische Tor zudribbeln. Und jeden Abend in der Estrella-Bar, jedesmal wenn von Fußball gesprochen wurde, erinnerte sich Amaro: »Ein toller Spieler, der kleine García. Hättet ihn sehen müssen. Hatte eine Taille...«

Oder: »Eine großartig plazierte Verteidigung? Als ich in Buenos Aires war –«

Und wenn die übrigen Einspruch erhoben: »Was redet ihr mir da von Boca, von River, von diesem oder jenem Sturm, wenn ihr sie nie habt spielen sehen!«

Im Verlauf der Jahre verwandelte sich Amaro Fuentes in einen vollkommenen Einsiedler, der wie weltfremd einer einzigen Illusion nachhing. Das Alter schien einherzugehen mit zunehmender Übellaunigkeit, Minderung seiner Sehkraft, Verlust der Zähne und einem mageren Ruhegehalt, das ihm eine widerwärtige, ermüdende Arthritis eingebracht hatte und eine Einschränkung seines bereits maßvollen Budgets. Da er nie Geld gespart und nie irgendwelche Sinnlichkeiten empfunden hatte, die nicht auf Vélez Sársfield gerichtet gewesen wären, blieb sein Leben entbehrungsreich, und niemand kannte von ihm mehr als das, was er zeigte: seinen hochaufgeschossenen, durch und durch faltigen Körper, seine Teilnahmslosigkeit, seinen Stoizismus, seinen sehnsüchtigen Blick und diese velezanische Leidenschaft, die sich durch das im Jackenknopfloch prangende Abzeichen eher hartnäckig als stolz zur Schau stellte, weil er sich sagte, einmal zum Teufel muß der Verein die Meisterschaft gewinnen; dies war das einzige aufregende Ereignis, das er von seinem eintönigen, häuslichen Leben erwartete, das ihm nur gerechtfertigt schien, wenn Vélez Meister würde. Und vielleicht gab er deshalb nie die Hoffnung auf; er stützte sich darauf, daß seine Beständigkeit belohnt werden würde, als sei die Erlangung des Titels eine persönliche Angelegenheit, und darauf, daß er nicht zum Sterben bereit sei, ohne sich für das Unglück revanchiert zu haben, weil er sich selber sagte: Wenn ich schon ein Scheißleben geführt habe, will ich wenigstens sterben mit dem Geschmack von Ruhm auf den Lippen.

Zufall oder nicht, das Ergebnis von Vélez Sársfields Spielzeit im Jahre 1968 sollte überraschend ausfallen. Nach den ersten Begegnungen spürte Amaro, daß dies das erwartete große Jahr werden würde. Kurz nach dem sechsten Spiel wurde die Mannschaft von Liniers zur Sensation der Spielzeit, und die Rundfunkstationen der Hauptstadt begannen einige Spiele zu übertragen, die Vélez in den klassischen Spielen mit den Meisterschaftsanwärtern bestritt, was für Amaro einer doppelten Genugtuung gleichkam, da auch seine Freunde die Reportagen anhören mußten und man von Boca und River nur durch den Anfangskommentar und den Schlußbericht erfuhr, wie es bisher mit Vélez der Fall gewesen war. Ja, das sind denkwürdige Nachmittage, sieben große Partien, dachte Amaro, während er ein paar doppelte Mates schlürfte und sich sogar die Hornhaut der Fußsohlen, die schwierigste, beschnitt, im Vertrauen darauf, daß seine Jungen ihn nicht enttäuschen würden.

Es war das große Jahr, ohne Zweifel, und die Besucher der Estrella-Bar begriffen es auch sogleich, so daß alle für ihre Spötteleien auf die Vergangenheit zurückgreifen mußten. Doch das berührte Amaro nicht, weil ihm genügend Argumente für Gegenattacken zur Verfügung standen: Die Riverplatenser waren seit zehn Jahren Vizemeister, die Bocaenser waren abgefallen, und alle beneideten Willington, Wehbe, Marín, Gallo, Luna und all die Jungen, die seine Idole waren.

»Tooooooooor für Velesarfiiiiiiiiiiiillllllllll!«

Fioravantis Stimme zog die Vokale im Radio in die Länge, und Amaro fühlte, weinend, daß nie jemand die Ergriffenheit über ein Tor so wundervoll ausgedrückt hatte. Endlich hatte Vélez sich den argentinischen Meisterschaftstitel erkämpft, nachdem er eine denkwürdige Spielzeit durchgestanden hatte: Neben seiner Führungsposition verfügte er über den besten Sturm, die am seltensten bezwungene Verteidigung, und Carone und Wehbe führten die Rangliste der Torschützen an.

Wenige Sekunden nach diesem vierten Tor, als Fioravanti die Beendigung des Spiels abpfiff, stand Amaro auf, schleuderte die Fäuste in die Luft, hüpfte ein paarmal und stieß verschwiegene Jubelrufe aus. Er unternahm den so oft beschworenen olympischen Rundmarsch um den Tisch, lief zum Kleiderschrank, wählte die Krawatte mit den Farben von Vélez, seinen besten Anzug und trat auf die Straße, überdrüssig, alljährlich die Fan-Karawanen der großen Mannschaften, die in Automobilen, singend, hupend und fahnenschwenkend, durch die Stadt fuhren, mit ansehen zu müssen.

Entschlossen schritt er zum Platz, während die Abenddämmerung auf die Lapachobäume sank und die Zikaden ihre letzten Abendlieder anstimmten; vor der Kirche ging er auf den Taxistand zu, wählte den besten Wagen, einen nagelneuen Rambler, und stieg mit der Anmaßung eines Managers ein, der soeben einen bedeutenden Abschluß unterzeichnet hat.

»Hallo, Amaro«, begrüßte ihn der Taxifahrer und legte seine Zeitung beiseite.

»Stadtrundfahrt, Juan, und hupen«, befahl Amaro.
»Vélez ist Landesmeister geworden.«

Er kurbelte die Wagenfenster herunter, zog das
Fähnchen aus der Jackentasche und begann es im
Wind zu schwenken, schweigsam, mit erregtem Lächeln und galoppierendem Herzen, ohne sich darum
zu kümmern, daß die einsame Hupe im sinkenden
Abend heiser mißtönte, und ohne auf das Taxameter
zu achten, aber Teufel noch eins, das war gerechtfertigt, die Meisterschaft hat mich das Warten eines
ganzen Lebens gekostet, und die Jungen von Vélez
verdienen jedenfalls diese Huldigung, tausend Kilo-
meter weit weg.

Als sie zum Häuserblock der Estrella-Bar gelangten, sah Amaro, daß die Theke auf dem Gehsteig
stand, dazu der lange Tisch der Stammkunden, die
sich am Sonntagabend einfanden, um über den Spiel-
tag zu fachsimpeln. Er sah auch, daß sie, als sie den
Rambler an der Ecke mit seinem aus dem Fenster
wehenden einsamen Fähnchen entdeckten, allesamt
aufstanden und Beifall klatschten.

»Langsamer, Juan, aber ohne anzuhalten«, sagte
Amaro, während er sich bemühte, die wie Regen-
tropfen ungehemmt über seine Wangen rinnenden
Tränen aufzuhalten, und schon wurde das Beifallklat-
schen der Estrella-Bartheke stärker, klangvoller, als
wüßten sie, daß sie den Dezemberabend nur für
Amaro Fuentes füllen müßten, den Freund, der sein
Leben dem Warten auf eine Meisterschaft geweiht
hatte, und einer schrie sogar, hoch Vélez, Teufel noch
eins, und Amaro hielt es nicht mehr aus und bat den
Fahrer, ihn nach Hause zu bringen.

Er hängte das Fähnchen an die Außenklinke und

trat lautlos ein. Seit Minuten raste sein Herz. Ein bestimmter Schmerz schien im Innern seiner Brust zu hämmern. Amaro wußte, daß er sich hinlegen mußte. Er tat es, ohne sich auszukleiden, und drehte das Radio in voller Lautstärke auf. Ein Journalistenteam aus Buenos Aires berichtete über die Sprechchöre anläßlich des Festes in den Straßen von Liniers. Amaro seufzte und spürte gleich darauf einen trockenen Schlag mitten in der Brust. Er öffnete die Augen, während er die ihm ausgehende Luft einzuatmen suchte, doch er sah nur noch die Möbel genau in dem Augenblick verschwimmen, in dem die ganze Welt Vélez Sársfield hieß.

EHRENRUNDE

Für Ana und Eduardo

Die Stierkampffans wissen, daß man, wie Heming-
way empfahl, sehr oft zum Stierkampf gehen muß,
um wahrhaft künstlerische Corridas zu sehen zu
bekommen, die dann unvergeßlich bleiben und be-
wirken, daß man sich in die Kunst des Stierkampfes
verliebt. Oder, wie Arturo Villanueva im bissigen,
zweifelnden Tonfall des echten Kenners weniger poe-
tisch sagt: »Man muß viele Scheißochsen gesehen
haben, um auf einen Rassestier zu stoßen.«

In diesem Frühling feierte die Plaza de Toros von
Madrid ihren fünfzigsten Geburtstag, und ich hatte,
wie ich zunächst glaubte, das Glück, mich zu der Zeit
in der spanischen Hauptstadt aufzuhalten. Natürlich
ging ich hin, obwohl sich rasch herumgesprochen
hatte, daß es ein entbehrlicher Abend werden würde,
an dem sechs Matadore von gewissem Renommee
(Tomás Campuzano und der mutige Dámaso Gonzá-
lez wechselten sich mit einem heruntergekommenen
Veteranen ab, mit zwei Jungen von zweifelhafter
Herkunft und einem erbärmlichen Soundso, von dem
sich niemand erklären konnte, wie er dazu gekommen
war, die bestickte Stierkampftracht zu tragen) unter
sechs Stieren zu leiden hatten, sechs Tieren aus angese-
henen Züchtungen, wobei offenbar Brocken von
Pedro Domecq und Joaquín Buendía hervorstachen.

Angesichts einer um halb acht Uhr abends höllischen und absurden Sonne und der bildschönen, aber halbleeren Stierkampfarena muß gerechterweise anerkannt werden, daß es ein trübes, trauriges Jubiläum war. Einer jener Abende zum Vergessen, der indes eine ungewöhnliche, bezaubernde Färbung annahm, als die Verantwortlichen beschlossen, den fünften Stier zurückzuschicken als »augenscheinlich untauglich«, wie die Madrider Redakteure die Stiere zu bezeichnen pflegen, die beim Betreten der Arena hinken. Das Publikum erhebt Einspruch, vollführt einen ohrenbetäubenden Lärm, und den Richtern bleibt keine andere Wahl, als den Austausch der Tiere zu gestatten, damit die Fiesta weitergeht, zu Lasten des Toreros, der an der Reihe ist, und des vorher angekündigten Ersatzstieres.

An jenem glutheißen Frühlingsabend sollte ein solcher Stier – an dessen Namen ich mich nicht erinnere, was auch unwesentlich ist – auf übliche Weise aus der Arena geschleppt werden. Das heißt, ein Trupp von Ochsen wurde hereingetrieben, vollführte sein lächerliches, langweiliges Getrappel rings um die Arena, langsamen Tritts wie auf irgendeinem steinigen Feld, und rief den Lahmen mit seinen Halsglocken, mit seinen bäurischen Gestalten und vielleicht mit einer geheimen Ahnensprache, deren sich die Kastrierten doch noch entsannen. Aber der Stier, lahm, wiewohl nicht zahm, ging dazu über, sich nicht dem Trupp anzuschließen, sondern ihn zu treiben, als wolle er sagen: »Nein, Señores, ich bin hergekommen, um bis zum Tod zu kämpfen, und lasse mich nicht von Eunuchen fortschleppen.«

Die Sache zog sich über Gebühr hin. Nach einer

halben Stunde protestierte das Publikum mit Gepfeife und beleidigenden Ausrufen, die den Züchtern und den Verantwortlichen galten. Ein Dutzend und mehr Male waren die Ochsen in die Arena getrabt, um anschließend in den Stierzwinger zurückzukehren, ohne die vorgesehene Begleitung des Brockens, der es nicht ein Mal unterließ, seine Rassegenossen mit den Hörnern anzugreifen, die Stierkämpfergehilfen anzufallen, Toreros, Helfern, Richtern und Publikum die Stirn zu bieten und nachzujagen, hochmütig, hochfahrend, großartig, als bestehe er auf seiner Erklärung »Señores, ich gebe einen feuchten Kehricht auf Eure Fiesta, von hier lasse ich mich nur tot rausschleppen«.

Edel war das Tier, wenn auch lahm. Zwar untauglich für den Stierkampf, aber sein Mut trat dennoch immer deutlicher zutage. Doch das merkte niemand während dieser langen halben Stunde, nach deren Ablauf die ganze Arena sich zu fragen schien »Und was nun?«, weil der Stier auf keine Art und Weise vom Platz zu locken war, die Ungeduld sich der Protagonisten bemächtigt hatte und das Pfeifkonzert zunahm, der Krach im Sperrsitz lauter wurde, während der glutheiße Frühlingsabend erlosch und die Lichter auf der Anhöhe angingen. Niemand merkte es außer Don Agapito Rodríguez, alter Stierfechter der Arena.

Hinter einer Brüstung für die Stierkämpfer mußte der Alte sich den Mut dieses Tiers eingestehen. Sicherlich bewunderte er seine Haltung, und ich stelle mir vor, er wußte die Rasse des Tiers in vollem Ausmaß zu schätzen, seine verhaltene Tapferkeit, seinen stolzen, herausfordernden Entschluß, auf dem

Platz zu bleiben und nie mehr in den düsteren Stierzwinger zurückzukehren, den er eine Stunde zuvor für immer durchlaufen hatte, und noch weniger hinter einem Trupp alter, gemeiner, glockenbehängter Ochsen.

Der alte Agapito Rodríguez war der einzige, der die Entschlossenheit des Lahmen begriff. Und als die Wut der Zuschauer über diese Unterbrechung der Fiesta, für die sie Eintrittskarten gekauft hatten, auf dem Höhepunkt war, trat Agapito mit seinem langsamen, gichtigen Schritt hinter der Brustwehr hervor, Stierkämpfermantel in der Hand, Stierkämpfermütze auf dem Kopf, halb nachlässig, mit einer vielleicht an tausend vergangenen Abenden eingebüßten Eleganz, eingebüßt – wer weiß – in seiner gescheiterten Berufung als Matador, bei irgendeinem Hornstoß, an den er allein sich noch erinnerte, er trat also wie einer, dem an nichts gelegen ist, in die Arena, fest entschlossen, eine für einen Stierfechter unübliche Mission zu erfüllen, der bekanntlich die Arena nur betritt, um den bereits mit dem Degen verletzten Stieren den endgültigen Stoß ins Rückenmark zu versetzen, bevor sie von den Mauleseln ins Schlachthaus geschleppt werden.

An jenem langsam verlöschenden Abend, gerade als die Lichter der Arena aufflammten, um die zunehmende Dunkelheit von neun Uhr abends auszugleichen, pflanzte Agapito Rodríguez sich in der Arena auf, lenkte die Aufmerksamkeit des rebellischen Lahmen auf sich, zeigte ihm die Capa, hob das Kinn mit einer kurzen, unmerklichen Kopfbewegung und forderte ihn auf, sich mit ihm zu messen. Und es begann ein stummes Zwiegespräch, das wir zunächst nicht

alle verstanden, das jedoch rasch die allgemeine Zu-
stimmung gewann. Er hatte als erster von allen die
innere, unwiderrufliche Entscheidung dieses Stieres
erkannt. Und darum ließ er sich sehen und
schwenkte den Umhang und hielt ihn dem Tier
entgegen. Und empfing es, als es angriff, und wich
ohne Anmut, aber mit Sicherheit aus, weil Anmut
nicht in seiner Absicht lag, war er dafür doch schon
zu alt, und er begann den Lahmen wirksam zu
bearbeiten, täuschte ihn mehrmals, und ein drittes,
und noch ein Mal, und führte ihn bis zur Brustwehr,
gewiß, daß der Lahme ihn bereits als seinen einzigen
Feind ausgemacht hatte, da der Kampf auf Leben
und Tod von beiden erklärt worden war, und noch
ein Mal, ohne Grazie oder Kunstfertigkeit, nur mit
Überzeugung, Verständnis und Festigkeit lockte er
das Tier in die Nähe der Bretter, und dort ging er in
Deckung, während sie einander wild anblickten und
der Stier in der Arena sein lahmes Bein halb hob,
doch ohne die unerklärliche Schönheit edler Feinde
einzubüßen.

So standen sie und starrten sich einige kurze,
herrliche Sekunden an, während deren ein heißer
Wind wehte und Stille über die ganze Stierkampfarena sank, aufmerksam das Publikum, das bereits die
Bedeutung dieser Begegnung begriff und den Lahmen zu bewundern begann. Agapito Rodríguez
streckte die Hand hinter der Brustwehr hervor, als
wolle er sagen, »Komm näher«, und der Stier schickte
sich an, gegen die Holzverschalung anzurennen, blieb
aber ruhig, als wolle er sagen, »Komm doch du näher,
Scheißkerl«, und scharrte die Arena nicht auf, wie es
Rassestieren gebührt, denen, die nicht zweifeln und

daher nicht den Boden schürfen, sondern unverzüglich angreifen, und er machte nur einen Schritt vorwärts und blieb einen halben Meter vor Agapito Rodríguez aufgepflanzt stehen, legte das Maul fast an die Brüstung, streifte die Bretter mit seinen Hörnern, streichelte sie fast, rief insgeheim den Alten und trabte die ganze Stierkampfarena an, bis Agapito in einem unwiederholbaren Augenblick, mit einer blitzartigen und für sein Alter unglaublich schnellen Gebärde, mit einem unwahrscheinlichen Hieb seines mit dem kleinen Dolch bewaffneten Armes, den Nacken des Lahmen kaum berührte und ihm, seiner gewaltigen Körpermasse, mit einem gezielten Stich aufs herrlichste den Tod gab – und dem Lahmen das gewährte, was er gewollt hatte: die Arena tot zu verlassen.

Dieser unvergeßliche Augenblick dauerte nur eine Hundertstelsekunde, nach der alle Welt den Atem wieder zu finden schien, um sich von neuem bemerkbar zu machen, in Klatschen auszubrechen, in Hochrufe und in den schrillen, einstimmigen, aufgeregten Chor »A-ga-pi-to! A-ga-pi-to!«, vielleicht die erste, einzige Ovation, die der Stierfechter der Stierkampfarena von Madrid nach tausend Abenden, nach all seinen Träumen und all seinen Frustrationen als Torero empfangen hatte. Der anschwellende Chor füllte alle Winkel und forderte Agapito Rodríguez' Gegenwart in der Arena, und dieser, die Stierkampfmütze in der Hand, seinen schimmernden Großvaterkahlkopf entblößt, von allen gefeiert, machte, vielleicht mit feuchten Augen, auf jeden Fall mit einem stillen Lächeln, das wir alle sahen, die einzige Ehrenrunde seines Lebens, während die

Maulesel den Leichnam des tapferen lahmen Stiers im wohlverdienten, feierlichen und langsamen Schleppzug fortschafften.

Der Typ

Für Osvaldo Soriano, der seine Ein-
samkeit liebt

Als er aus der Paris-Bar trat und die Nachtkälte wie
einen Peitschenhieb auf dem Gesicht spürte, wußte
er, daß der Typ hier draußen neben dem Eingang zur
U-Bahn auf ihn warten würde, denn er war ihm
gefolgt, seit er viele Stunden zuvor die Zeitungs-
redaktion verlassen hatte. Es war ein hochgewachsener Mann mit breiten Schultern und einem jener
Gesichter, die serienmäßig hergestellt wirken, als
sollten sie nicht auffallen, aber gleichzeitig einen
gleichgültigen, trostlosen, grausamen Ausdruck besitzen, der sie in ihrer angsteinflößenden Art unver-
wechselbar macht. Er trug einen viel zu großen
schwarzen Mantel, der ihm fast bis zu den Knöcheln
reichte, und obwohl er so tat, als betrachte er ein
Schaufenster, war er so gut getarnt wie ein um den
Obelisken spazierender Elefant.

Die Corrientes-Straße sah aus wie eine traurige
buntbeleuchtete Eidechse, eine billige Beleidigung
des guten Geschmacks. Einige Taxis krochen wider-
willig dahin, während die jungen Kellner der La-Paz-
Bar sich die Hosen aufkrempelten, um die Fußböden
zu schrubben und der Unter-Null-Temperatur die
Stirn zu bieten. Die Straße, die nie schläft, starb an
diesem Montag um vier Uhr in der Frühe vor Müdig-
keit, als er den Typ wahrnahm, ungewohnt sorglos

die Schultern hob und beim Weitergehen dachte, er
habe zuviel getrunken – zum Teufel, Wein, Kaffee
und Whisky durcheinander, und jetzt dreht sich mir
der Magen um, obendrein mit diesem Scheißge-
schwür. Er war seit acht Stunden in dieser Teufels-
kälte unterwegs und wußte, daß er an die Grenze
seiner Kräfte gelangt war; seine körperliche Wider-
standskraft war trotz seiner Jugend wie ein alter
Ballon geschrumpft. Und vielleicht machte alles noch
schlimmer: daß er soeben dreißig Jahre alt geworden
war, die Hälfte der Haare bereits verloren hatte, im
Durchschnitt zwei Stunden brauchte, um einzuschla-
fen, und die Zeitungsarbeit satt hatte, seine wenigen
Nachtkumpane, seine Genügsamkeit und seine Gewohnheit, sich wie einen Fremden zu sehen, jedoch
einen Fremden, der ihm mit jedem Tag trübsinniger
und unerträglicher vorkam.

Diese Zeitungsnotiz hatte ihm Unannehmlichkeiten eingebracht. Niemand hatte ihn gezwungen, für
sie zu zeichnen, wäre da nicht dieser leicht wollüstige
Wunsch gewesen, eine bedeutende Persönlichkeit zu
geißeln, obwohl er sich der Ungereimtheit und Un-
angemessenheit dessen bewußt war, daß er mit seiner
Arbeit für ein Unternehmen, das ihm nur ein dürfti-
ges Gehalt zahlte, Risiken einging. Doch so lagen die
Dinge, und die Folge war dieser Anruf um die
Mittagszeit gewesen, in dem ihm mitgeteilt wurde,
daß ihn das teuer zu stehen kommen werde. Er wußte
also besser als jeder andere, welche Gefahren auf ihn
lauerten. Mit gewissen Persönlichkeiten spielt man
eben nicht, und im übrigen hatte er ziemlich schwerwiegende Dinge ausgesprochen, diese boshaften Be-
schuldigungen – alter Freund, ja, ich weiß, aber es

stimmt alles, weil ich diese Geschichte eine Woche lang
recherchiert habe –, und das hatte er auch dem
Chefredakteur erklärt, der ihm zuhörte und wie eine
zufriedene Hure lächelte; und folglich muß das alles
gesagt werden, unbedingt, wir können nicht einfach
den Mund halten, der Rechtsberater hatte ihm auf seine
Anfrage hin grünes Licht gegeben, bring das rein,
Mensch, siebzehn Spalten, es kommt auf die zweite
Seite, und er schrieb in der Morgenausgabe alles, was
er wußte, und gegen Mittag wurde der Chefredakteur
ins Ministerium zitiert, um sich zu rechtfertigen, wo er
auf ein unausgeschlafenes Hurengesicht stieß – das
hättest du sehen müssen –, während ihn diese kalte,
hohltönende Stimme bedrohte, die so nah zu sein
schien, daß er nicht einmal erschrak, er hängte einfach
den Hörer auf und ging einen Kaffee trinken, allein,
ohne mit irgend jemandem zu sprechen. Fast vergaß er
die Angelegenheit, die mit seinen Kollegen zu bespre-
chen er sich hartnäckig weigerte, und als er abends die
Redaktion verließ, sah er nicht den Typ, der ihm
folgte; er bemerkte ihn erst, als er zu Abend aß –
bekanntes Gesicht, sagte er sich und hätte ihn fast
gegrüßt, und dann wurde ihm bewußt, daß seine
Vertrautheit mit dem Mann daher rührte, daß er ihn im
Café und vor dem Eingang zur Redaktion gesehen
hatte, so wie er ihn danach an der Theke der Paris-Bar,
am U-Bahn-Eingang und jetzt ganz unbestreitbar
hinter sich die Corrientes-Straße entlanggehen sah,
während er sich an eine ganze Reihe gefährlicher,
kompromittierender Artikel erinnerte, Artikel, die er
gern mit jener Bissigkeit abzufassen pflegte, mit jener
Gleichgültigkeit gegenüber der öffentlichen Meinung
und jener Art innerer Wurstigkeit, die er sich zugelegt

hatte und die etliche seiner Freunde bewunderten, weil sie ihm Härte bescheinigte – doch keiner war so knallhart gewesen wie dieser, das konnte er beschwören, keiner so gemein wie dieser.

Er ging langsam und zeichnete Formen auf die Pflastersteine, schwankte nur leicht und dachte, daß ihn noch etwa zwanzig Blocks von zu Hause trennten. Er wußte, daß seine Stunden gezählt waren, vielleicht hatte das Rückwärtszählen bereits begonnen, doch er bewahrte hinreichende Gelassenheit und Selbstbeherrschung, um sein Adrenalin nicht unmäßig ansteigen zu lassen, wie damals, als er zum Zahnarzt gegangen war, wahnsinnig vor Angst und Schmerzen, wie sie ärger nicht sein konnten – Doktor, ziehen Sie mir diesen Scheiß-Backenzahn –, und als er betäubt wurde, fühlte er wunderbare Erleichterung, bis die Wirkung des Schmerzmittels nachließ und er entdeckte, daß man ihm nicht den schmerzenden Backenzahn gezogen hatte, sondern den daneben, zum Teufel, wieder eine schlaflose Nacht mit den Beschwerden; trotz der genossenen Alkoholmenge hatte er seine geistige Klarheit bewahrt, doch vielleicht verdankte er das seiner Allmacht, denn er war in der Tat ein harter Bursche und rühmte sich dessen, und nun galt es, sich dieser höchsten Gefahr zu stellen, ohne zu verzweifeln, ohne sich unwürdig zu verhalten und ohne sich allzu viele Gedanken darüber zu machen, daß er von dem Typ verfolgt wurde; durch einen gutgezielten Schuß zu sterben mochte letzten Endes wie eine gute Geburt sein, bumm und tschau, nur daß statt des Säuglingsschreis der Herzstillstand erfolgen würde, so daß er wünschte, der Typ möge zumindest ein guter Schütze sein.

Während er das Gesicht zu einer Art bitterem Lächeln verzog, dachte er, daß die Welt einen Anarchisten weniger haben würde. Nicht, weil er einer gewesen war, sondern weil es ihn letzten Endes einen feuchten Kehricht scherte, was aus dem Land und aus der Welt werden würde, und er nur auf seine Weise an eine vage natürliche Ordnung glaubte, die er sich nicht einmal bis zu Ende vorgestellt hatte. Er war ein kritischer Zeuge des Regierungschaos, der sich keine Gelegenheit entgehen ließ, seine Sachwalter zu geißeln – mehr nicht, eine Art einsamer Bombenwerfer, der moralisch und schematisch vorging und für den es insgeheim schon lange keinen intellektuellen Reiz mehr hatte, die Welt an Kaffeehaustischen einzurenken. Seine Inventur enthüllte keine größeren Vergnügungen als die bürgerlichsten: zwei Päckchen Zigaretten täglich zu rauchen, alles zu trinken, was Alkohol enthielt, und resigniert jede Menge blonder, hochgewachsener schlanker Frauen zu bewundern, die sich unbehelligt mit forscher Selbstverständlichkeit in Buenos Aires bewegten. Mehr interessierte ihn nicht. In gewisser Weise betrachtete er sich als Fremdling unter den Menschen, als ein Wesen, das verlernt hatte, Interesse an etwas zu entwickeln, sogar am Elementarsten: an sich selbst.

Vielleicht machte es ihm deshalb nichts aus, daß der Typ ihm in einem systematisch eingehaltenen Abstand von einem halben Häuserblock folgte. Er erwog, daß das Ganze vielleicht eine Einbildung sei, eine zwanghafte Verzerrung seiner Angst, doch dann fielen ihm der Telefonanruf am Mittag und die beiden Male ein, als er mit dem Typ Blicke gewechselt hatte, und er begriff, daß diese kalten, wachen und geringschätzigen Augen, die keineswegs wie die Augen eines Verbrechers aussahen und gerade deshalb solche Angst verursachten, kein Erzeugnis seiner Phantasie waren. Bestimmt wartete der Typ nur darauf, daß er zu seiner Wohnung gelangte, um sein Vorhaben auszuführen. Er vermutete, daß die Auftraggeber ihn gut bezahlt hatten und folglich saubere Arbeit erwarteten. Vielleicht war er ein Professioneller. Oder ein schlichter Leibwächter mit Sonderauftrag. Doch es lief aufs gleiche hinaus: Der Typ hatte das Aussehen eines Totschlägers – man brauchte nur die breiten Schultern, die langen Arme, den Kleiderschrank von Rücken anzusehen, zum Teufel –, und sicherlich besaß er das Zartgefühl eines Holzklotzes. Er konnte auch jemand sein, der einem zweitrangigen Beamten, der seine Frau im Ministerium untergebracht hatte, einen Gefallen schuldete. Sehr gut: jede dieser Mutmaßungen bedeutete einen Beweggrund für sein Handeln; er würde ihn ohne Gewissensbisse umbringen, er kannte ihn überhaupt nicht, er hatte keine Meinung über ihn, und es würde nichts weiter geschehen, als daß die Stadt einen Bewohner weniger zählen würde. Nicht einmal die Statistiken würden es merken. Der Typ würde eine finanzielle Schuld oder eine Ehrenschuld begleichen, seine Pflicht erfüllen und sich anschließend ruhig schlafen legen, zufrieden, seine Arbeit ehrenvoll und erfolgreich verrichtet zu haben, ohne sich das Geringste vorwerfen zu müssen, so daß seine Auslöschung zu etwas nütze sein wird – und er lächelte –, na schön, Scheiße auch.

Natürlich konnte er einen jener Polizisten anhalten, welche die Stadt so eifrig durchstreifen, daß sie wie besetzt wirkt, genau wie jene italienischen Dörfer der

Nachkriegszeit, die in nordamerikanischen Filmen zu sehen sind, in denen Militärpolizisten in Jeeps Kaugummi kauend die Straßen durchkämmen und die Dorfbewohnerinnen ihnen hinterherseufzen und ihnen zuwinken und dabei den Sieg und die Schokoladentafeln und die Chesterfield-Schachteln feiern; er konnte auch in einer Bar Zuflucht suchen und die Funkstreife rufen auf die Gefahr hin, dort festgehalten zu werden, weil die Beamten des Ministeriums ihre Hebel in Bewegung setzten (es gibt immer Rettungsmöglichkeiten, wenn man weiß, daß man umgelegt werden soll – man kann es zumindest versuchen, doch dafür muß man Angst haben, Mut und Lebenswillen, alles miteinander, und das war bei ihm nicht der Fall), doch als er die Callao-Straße überquerte, kam er plötzlich zu dem Schluß, daß alles nutzlos sein würde, denn, so erkannte er, wenn er auf der Liste stand, war er geliefert, und selbst wenn es ihm gelänge, den Typ heute nacht abzuschütteln, würde sich ihm morgen ein anderer an die Fersen heften, da sein einziger Daseinszweck anscheinend darin bestand, eine kleine, tödliche Dosis heißen Bleis abzubekommen.

Nun dachte er mit verfrühter Wehmut, daß seine Gewohnheiten allein zurückbleiben würden (die Gewohnheiten leben mit einem, nicht in einem, sagte er sich), und er wußte bereits, daß es diesmal nicht zu den gewohnten zwei Stunden im Morgengrauen kommen würde, wenn er in der Dunkelheit seines Appartements rauchte, bis er einschlafen konnte. Sein Bett würde es nie mehr erleben, daß er sich betrunken mitten im Raum auszog, den Anzug auf den Fußboden warf, das Hemd im Badezimmer liegenließ und die Schuhe in irgendeiner ungewohnten Ecke, so daß er sie am nächsten Tag nicht finden konnte. Nie mehr die Krawatte mit stets gebundenem Knoten in der Küche. Und nie mehr die Zeitung unter der Tür, nie mehr die Aspirintabletten, die die unumgänglichen Kopfschmerzen aller Mittage linderten, wenn er mit wirrem Haar und dem unbeschreiblich widerlichen Geschmack im Mund erwachte. Nie mehr nichts, sagte er sich, mit einemmal bekümmert, nie mehr nichts, wenn der Scheißkerl mir erst den Schädel zertrümmert hat.

Er bog in die Cordoba-Straße ein und stellte sich vor, wie sie in der Zeitung auf seinen Schreibtisch eine Blume in einer Vase stellen würden, bis sie verwelkte (oder bis ein neuer Redakteur seinen freigewordenen Platz einnahm); in der sechsten Ausgabe würde ein Artikel über das Verbrechen stehen, ein Leitartikel »aus Abscheu über den barbarischen Überfall« und in einem Kästchen ein persönlicher Nachruf aus der Feder eines seiner Kollegen. Er fragte sich, wer zwei persönliche Zeilen über ihn schreiben sollte; von Sachkenntnis ungetrübt, würden sie das Nächstliegende und daher nichts sagen: daß er ein hervorragender Journalist gewesen sei, der es verstanden habe, Lügner!, die Zuneigung aller zu gewinnen, die ihn kannten und mit ihm zu tun hatten; sie würden ihn zum glänzenden Redakteur erheben, Lügner!, zum talentierten und kühnen Chronisten, der ermordet wurde, weil seine wahrheitsliebende Feder kein Nachgeben kannte, und die Redaktion der Tageszeitung würde sich verpflichten, alles Menschenmögliche zu unternehmen, um das Verbrechen aufzuklären, Lügner!, lauter Gemeinplätze, Unsinn, Dummheiten, die der diensttuende Handlanger des Chefredakteurs aufsetzen würde oder sogar der Chefredakteur in Person, der eine Woche lang mit der Miene einer ergriffenen und solidarischen Hure herumlaufen und von seinem Tod mit aller Feierlichkeit und Geschraubtheit seiner Beschränktheit reden und vielleicht sogar die gesuchte psychologische These zum besten geben würde, es sei in gewisser Weise Selbstmord gewesen, denn – so würde er schreiben – die Fragezeichen summieren sich und nehmen kein Ende: Warum hatte er sich seinen Redaktionskollegen nicht anvertraut? Warum hatte er keinen Widerstand geleistet? Warum – so würde der Heuchler zuletzt fragen – hatte er gewagt, an Interessen zu rühren, an die nicht gerührt werden darf, wenn er die Risiken kannte, die eine derartige Haltung für ihn nach sich ziehen würde?

Das Beste daran aber war, daß er in der Tat häufig an Selbstmord gedacht hatte und diesen Gedanken als kitschig, als unzeitgemäß und feige verworfen hatte. Vor allem als feige, weil er die Mutigen wie Misterix bewunderte; wieviel Mumm hatte Misterix, Teufel noch mal, so viel, daß er in seiner Kindheit nicht eine Nummer versäumt hatte; er hatte jeden durch seinen Kopf schießenden Selbstmordgedanken verworfen und begriff nicht, wieso ein Mann sich das Leben nehmen will, wenn man sich darauf verlassen kann, daß das Leben einem das irgendwann abnimmt, nutzlos sich zu wehren, eines Tages übernimmt es das Leben ohnehin, einem den Selbstmord zu besorgen. Zwischen dem natürlichen Tod und dem Freitod besteht nur ein etymologischer Unterschied; schließlich und endlich ist der Tod ein alltägliches Ereignis. Und eine Lüge ist das mit der Einsamkeit, mit den schweren Depressionen; jeder kannte Philip Marlowe, es gab keinen einsameren Menschen auf der Welt als diesen Marlowe; würde der etwa Selbstmord begehen? Keineswegs, nie und nimmer würde der das tun; auch die Einsamkeit ist eine Sache des Mumms, sagte er sich; nicht einmal der Mann, den sein Los am allerwenigsten kümmerte, hatte einen Grund, Selbstmord zu begehen.

Der Typ trabte hinter ihm her, das war das Greifbare. Auf jeden eigenen Schritt erfolgte einer des Typs. Beschleunigte er den Schritt, beschleunigte der Typ. Blieb er vor einem Schaufenster stehen, blickte der Typ in eines dreißig Meter hinter ihm. Es ließ sich nicht leugnen: er ging gewissenhaft vor, ohne übertriebene Verstellung, beinahe sorglos – wie einer, der weiß, was er tut, und nicht daran zweifelt, daß er das vorgesehene Ziel erreichen wird – und mit so aufreizender Zuversicht, daß es sinnlos gewesen wäre, zu rennen, sinnlos, sich zu wehren –, und wozu auch versuchen, ein unvermeidliches Geschick zu wenden? Mochte der Tod auch noch so nahe sein, deshalb würde er seine Gewohnheiten nicht ändern. Er würde alles wie immer um diese Zeit tun, die Tür mit der üblichen Umsicht öffnen, die Treppen mit den Pausen ersteigen, die sein Schwindelgefühl erforderte, und wenn der Typ ihm folgen wollte, bitte schön! Zöge er vor, ihn gleich hier, an der Ecke der Agüero- und der Cordoba-Straße, umzulegen oder genau vor der Tür seines Appartementhauses, so war das seine Sache; er würde sich jedenfalls nicht der Gefühlsduselei hingeben, daß dies unumstößlich seine letzte Nacht war. Er war traurig, gewiß, doch eine letzte Nacht war kein Grund, Gewohnheiten zu ändern.

Er war fast da: Noch ein paar Meter, und er würde die Cordoba-Straße verlassen, um in die Mario-Bravo-Straße einzubiegen, und die vier düsteren Blocks entlanggehen, die von Schatten bevölkert waren und in denen nur ein Ungeheuer fehlte, damit alles der Einbildungskraft eines Dr. Jekyll entsprungen erschiene. Und der Typ folgte ihm noch immer unerschütterlich; vielleicht spielte er mit der Vorstellung, daß man ihm für seine unüberhastete, saubere Arbeit das Doppelte zahlen würde, als würde er paradoxerweise den anderen für seinen Komplizen und nicht für sein Opfer halten, da der ihm die Arbeit erleichterte und nicht floh, nicht um Hilfe rief, nichts Unfaires versuchte, edel in den Tod ging. Er fragte sich, ob der Typ sein Verhalten zu schätzen wußte, ob er an den Ärger dachte, wenn er ihn jagen und aus der Entfernung auf ihn schießen müßte, auf ein bewegliches Ziel, und wenn er ihn womöglich verfehlte und hinterher der Polizei aus dem Wege gehen und untertauchen müßte. Nein, er spielte fair; alles war klar: Er hatte einen höchst brisanten Artikel über eine bedeutende Persönlichkeit verfaßt, die bedeutende Persönlichkeit hatte den Typ angeheuert, um ihn zu erledigen, der Typ würde ihn mit einer Kugel erledigen, die Kugel würde irgendwo in ihn eindringen und dort steckenbleiben, heiß, präzis, in seinem Körper, wenn er auf den Rücken fiel. Folglich sollte alles mit der gewünschten Einfachheit ablaufen, so daß der Typ seine Aufgabe plangemäß ausführen, sein Honorar kassieren und die ganze Angelegenheit vergessen konnte.

Er legte den letzten Block ohne Herzklopfen zurück, ohne sich zusammennehmen zu müssen, ohne

zurückzublicken, weil er den Typ auch nicht dazu
verleiten wollte, ihn auf der Stelle umzulegen. Vermutlich war jenem sein Handwerk so vertraut wie
ihm selbst seine Gewohnheiten; ein jeder sollte seine
Pflicht ordnungsgemäß erfüllen.

Er öffnete die Tür, trat ein, schloß sie und blieb,
sich verratend, stehen, um auf die Straßengeräusche
zu horchen. Er ging durch den Hausflur und begann
die Treppe hinaufzusteigen, wobei er sich fragte,
warum der andere noch nicht auf ihn geschossen
hatte – na und, sagte er sich, er wird seine Gründe
haben, was muß mich das kümmern –, er steckte den
Schlüssel ins Schloß, öffnete, schaltete das Licht an
und besah sich die Unordnung in seinem Appartement, seine geliebte Unordnung, die allein zurückbleiben würde, dachte er, obwohl sie damit auch
ganz gut fertig würde, und schon fühlte er Erregung,
plötzliche Nervosität, Unbehagen wie ein Hippie
mit Krawatte. Er ging zum Eisschrank, holte eine
Dose Bier heraus und tat einen tiefen Schluck, fast
die Hälfte des Biers, und fühlte, wie seine Eingeweide vereisten, so eine Ironie, dachte er, in der
kältesten Nacht dieses Winters eine eisgekühlte Dose
Bier, ich glaube, die werden mich mit Schüssen
aufwärmen.

Er ging ins Schlafzimmer und zog sich lustlos
aus, ließ die Kleider auf dem Fußboden verstreut
liegen und bemerkte in derselben Sekunde, als er
Schritte im Treppenhaus hörte, daß das Gummi-
band seiner Unterhose ausgeleiert war. Unwillkür-
lich zitternd zündete er sich eine Zigarette an und
hustete mehrmals ohne Grund. Dann läutete es an
der Tür.

Er zog eine unbeabsichtigte Grimasse, leerte die Blechdose und ging auf die Tür zu. Er öffnete. Das erste, was er sah, war die Pistole mit dem Schalldämpfer. Und das letzte.

Señor Serrano

Einen Augenblick später fühlte Mike den Blick auf seinem eigenen Nacken haften. Jäh drehte er sich um, und als er ihren Augen begegnete, blauer denn je, leuchtend wie die mächtigen Scheinwerfer eines Lincoln-Achtzylinders inmitten eines Gewittersturms, deutete er sein unwiderstehlichstes Lächeln an. Sheilah stand auf, ohne den Blick von ihm zu lassen, und strich sich mit beiden Händen das Kleid glatt, das wie eine Bratkartoffel im Augenblick des Reinbeißens knisterte, was ihre vollendet geformten, schwellenden Brüste hervorhob und die Linien ihrer prachtvollen Figur, ihrer kräftigen Hüften und ihrer schlanken Beine, die in goldenen Sandalen endeten, sofern man diese Lederriemchen so nennen konnte, die irgendwie erfunden zu sein schienen, um ihre karmesinroten Fußnägel frei zu lassen. Mit der Stoßkraft eines Zerstörers in einer von Schülern wimmelnden Bucht der Karibischen See ging sie auf ihn zu. Zu schade, Kleine, murmelte er, während er vor ihren ungläubig blickenden Augen eine Fünfundvierziger aus dem Pistolenhalfter zog. Eine Sekunde später glich Sheilah einer mißhandelten luxuriösen Schaufensterpuppe, der jemand einen grotesken roten Punkt mitten auf die Stirn gemalt hatte.

»Verdammte Hure«, sagte Señor Serrano, legte das

Buch auf eine Seite des Bettes und stand auf, um den Heizofen auf dem Tischchen neben dem Kleiderschrank auszuschalten. Er versetzte dem Mategefäß ein paar leichte Püffe, um das Matepulver zum Absinken zu bringen, und begann gleich darauf frisches Pulver nachzufüllen, während er den Raum mit seinen abblätternden Wänden betrachtete, mit dem einzigen Wandschmuck, dem Almanach vom vergangenen Jahr, den zu wechseln er sich nicht einmal bemüht hatte, dann setzte er sich wieder auf den Bettrand, stellte das Mategefäß neben seinen Füßen ab und fand, die Kälte sei nicht das Schlimmste für einen alten Mann; er war vierundsechzig Jahre alt und ertrug sie ausgezeichnet, viel besser als diese beharrliche, unerträgliche Einsamkeit, die ihn wie ein Spinnennetz zu umgarnen schien.

Seit etwa zwanzig Jahren wohnte er in diesem Raum. Jeden Monat fiel es ihm schwerer, die Miete zu bezahlen, nicht weil der Mietzins erhöht worden wäre, sondern weil sich seine Altersrente in seinem täglichen Kampf gegen die Teuerung zusehends ohnmächtig erwies. Er besaß einen Kater, den er nur sah, wenn er ihm auf dem Balkon etwas zu fressen hinstellte, zwei Geranien, ein Farnkraut und einen neuen Gummibaum, den man ihm im vergangenen Sommer aus Misiones mitgebracht hatte und der den Winter sicherlich nicht überleben würde. Als Mindestration trank er zwei Mategefäße pro Tag leer, las jeden Morgen den *Clarín*, schlief wenig, langweilte sich schrecklich und haßte alle Nachbarn im Gebäude, weil alle ihn haßten, vielleicht weil er andauernd vor sich hinpfiff, vielleicht weil die Leute Einzelgänger verachten oder fürchten.

66

»Schluß mit dem Lesen, ich werde noch verrückt«, sagte er sich und dachte über sein Leben nach, das nichts anderes schien als ein fortwährender Zeitverlust. Alles, was er getan hatte, war gleich Null. Nichts und wieder nichts. Und er konnte die Schuld nicht mehr auf die leidige rückwirkende Gutschrift schieben, die ihm seit wenigstens zehn Jahren nicht ausgezahlt wurde; er war nicht blöd, er wußte, daß nur er schuld daran war, vielleicht weil er nicht studiert und nie Ehrgeiz entwickelt hatte. Doch dessen war er nicht einmal sicher; manchmal rekapitulierte er sein Leben, als wäre es ein Film, der sich zurückdrehen ließ, und er verlor sich in nächtlichen Grübeleien, in belanglosen Einzelheiten, in Gedächtnislücken, verschwommenen Gesichtern, Augenblicken der Traurigkeit und stieß stets auf ein Gefühl erdrückender Einsamkeit.

Vielleicht dachte er wegen alldem seit einigen Monaten (seit einem Nachmittag, an dem er nach einer kurzen Siesta weinerlich und niedergeschlagen erwacht war, weil ihn im Traum ein jüngerer Señor Serrano aggressiv und laut brüllend einen armen Teufel genannt hatte) nur noch daran, eines Tages etwas Großes zu vollbringen. Er träumte von einer Wandlung seines Schicksals, sofern er eines besaß, sofern das Schicksal sich um ihn kümmerte. Und allmählich kam er zu dem Schluß, daß der Augenblick gekommen sei, sich zu beweisen, daß er kein Feigling sei, daß sein Leben nicht nur eine wiederholte Fehlbegegnung mit den Möglichkeiten zu einer großen Tat gewesen sei. Jetzt aber würde mancher Zeitgenosse vor Erstaunen den Mund aufsperren müssen, er würde in den Zeitungen erscheinen, er würde berühmt und umstritten sein.

Er stand auf, holte aus dem Kleiderschrank Schal und Wollhandschuhe, zog sie an, trat auf den Balkon hinaus und lehnte sich aufs Geländer, blickte auf die gepflasterte Straße hinunter, sieben Stock unter ihm, während er den soeben erwogenen Gedanken überdachte. *Wenn ich die Treppe benutze, vermeide ich den verräterischen Aufzug. Ich hoffe, daß die Kleine die Tür öffnet, ich verhalte mich ruhig und pfeife nicht, und so vermeide ich das Läuten. Wenn sie erscheint, trete ich vor und sage irgend etwas; sie wird einen sanften Alten nicht verdächtigen, so daß ich näherkommen und mich dreist in ihr Appartement hineindrängen kann. Drinnen drücke ich sie gegen die Wand, und bevor sie schreien kann, halte ich ihr den Mund zu und erwürge sie. Noch immer verfüge ich über Kraft. Das wird einfach sein, leicht, niemand wird mich verdächtigen. Und ich werde stolz auf mein Werk sein. Ich werde alle überragen, sie sollen was erleben.*

Er schlürfte seinen Mate zu Ende, trat ins Zimmer zurück, mischte sich einen neuen und trat wieder hinaus, unerschütterlich, ohne auf die niedrige Morgentemperatur zu achten oder auf den sein Gesicht peitschenden eisigen Wind. Er besaß die gegerbte Gesichtshaut eines Mannes, der sein Leben an der frischen Luft verbracht hat, abgehärtet gegen Wind und Wetter.

Seit er fünfzehnjährig sein Erwerbsleben als Lehrling in einer Tischlerei in der Victoria-Straße begonnen hatte, war er bis zu seiner Pensionierung ohne Unterbrechung als Angestellter der Casa Maple tätig gewesen, und gerade als er als Künstler des Langhobels und des Stecheisens angesehen wurde, kam ihm seine Säge in die Quere, die ihm ein paar Sehnen des rechten Schenkels zerschnitt und die widerwärtige

Lähmung verursachte, die ihm an Regentagen schmerzlich zusetzte und mit der er sich nie abgefunden hatte. Damals, mit zweiundfünfzig Jahren, kannte er das Ausmaß seiner Einsamkeit noch nicht; damals traf er sich noch abends im Kramladen von Gurruchaga und Güemes zum Dominospiel mit dem verstorbenen Ortiz, jenem kleinen Alten, der so viele Enkel wie Haare auf dem Kopf hatte, ein unablässig makelloses Lächeln und die feste Überzeugung besaß, daß er während des Schlafs an einem Gehirnschlag sterben werde; noch verbrachte er die Sonntage im Botanischen Garten, setzte sich zum Lesen der Zeitung auf eine Bank, beobachtete Kinder und alte Männer, die sich verbrüderten und miteinander unter den Bäumen Schach spielten; dann, gegen Mittag, aß er in irgendeiner Pizzeria an der Plaza Italia sinnierend ein Sandwich, bevor er zum Sportplatz ging, um Atlanta spielen zu sehen und seine Unfähigkeit festzustellen, sich zu erregen, ein Tor zu bejubeln oder die allzu häufigen Niederlagen zu beklagen.

»Was für Zeiten«, sagte er nur immer wieder, als enthalte die Vergangenheit beneidenswerte Elemente, Stoff für Nostalgie, zumindest irgendeine Frau, deren Gesicht die Erinnerung lohnte. Denn in seinem Leben hatten die Frauen nie einen besonderen Platz eingenommen. Vielleicht eine, Angelita Scorza, Tochter des Krankenwärters, der an der Ecke Republiquetas- und Superí-Straße wohnte, hatte ihn das eine oder andere Mal so weit trunken gemacht, daß er ihr ewige Liebe und ewige Treue schwor; doch die Leidenschaft, die ein Student der Medizin, an dessen Namen er sich nicht erinnerte, in ihr entfachte, entwertete seine Gefühle. Schließlich heiratete Angelita den jungen Mann, sobald er sein Studium beendet hatte, und er übte Vergessen, ohne daß es ihm allzu schwer gefallen wäre, so beschäftigt war er mit seinen Meditationen eines Schreiners, bis Angelitas Gesicht sich nach etlichen Jahren in einen unbestimmten Aspekt des alten Stadtviertels verwandelte, an einen schlichten Farbfleck seiner Jugend. Nun traten keine Frauen mehr in sein Leben außer der einen oder anderen jener gesichtslosen Prostituierten, welche in der Gegend von Puente Pacífico zu finden waren und mit denen er Scheingefechte der Leidenschaft aufführte, die hinterher zu nichts dienten, als seine Verlassenheit, seine Entwurzelung, den bodenlosen Abgrund, der ihn von der Welt trennte, zu bekräftigen.

Als die Flüssigkeit im Mategefäß zu Ende ging, fühlte Serrano in seinem Innern eine Hitzewelle aufsteigen, eine seltsame Empfindung von Dringlichkeit, die er nicht zu unterdrücken vermochte. Nervös entfernte er sich vom Geländer, betrat das vom Widerschein des für den Juli in Buenos Aires so typischen bleigrauen Morgens kaum erhellte Zimmer und betrachtete ohne Erbarmen die vier schmutzigen, feuchten Wände, durch welche die Tage strichen und ihm, was ihm noch an Leben verblieb, erbarmungslos wegnahmen, ohne daß er Widerstand hätte leisten können, ja ohne daß er dies je versucht hätte.

Da dachte er, vielleicht sei jetzt der Augenblick gekommen. Es hatte keinen Sinn mehr, zu warten und Detektivromänchen zweiten Ranges zu lesen, während die Zeit zerrann; er durfte nicht zulassen, daß seine Kräfte sich erschöpften, auch nicht, daß seine Muskeln erschlafften, die seine Arme und seine

Hände nach so vielen Jahren des Umgangs mit Hölzern entwickelt hatten.

Er ging ins Badezimmer und betrachtete sich im Spiegel, nur eine Sekunde lang, wie um zu vermeiden, daß er sich bei den tiefen Stirnfalten aufhielt, bei der Blässe seiner Haut, bei der fast greifbaren Leere seines Blicks, oder vielleicht nur, um vor seinen eigenen Augen zu fliehen, die ihn vorwurfsvoll, vielleicht auch hämisch gemustert hätten, um ihm zu bedeuten, daß er verloren sei, daß er nie etwas Großes leisten werde, weil seine Pläne stets eher dem Feld der unmöglichen Träume zuzurechnen gewesen seien als dem Gebiet der Wirklichkeit. Verstimmt trat er vom Spiegel zurück, setzte den alten fleckigen Filzhut auf und ging auf den Hausflur hinaus, bewegt und bestürzt von dem Haß, den er empfand.

Sobald er festgestellt hatte, daß alle Türen geschlossen waren, schritt er ohne Hast die Treppe hinunter, bemüht, ruhiger zu werden. Einen Stock tiefer blieb er stehen, wachsam, an die Wand gelehnt, und blickte auf die Tür eines Appartements, bereit zu warten. So stand er, er wußte nicht wie lange, unbekümmerten Sinnes und so unbefangen wie eine Schabe im Bäckerladen, bis die Tür aufging und ein junges Wesen mit riesigen schwarzen Augen, zierlich und parfümiert, auf den Hausflur heraustrat.

Sie blickte ihn befremdet an. »Hallo, Señor Serrano«, sagte sie mit knappem Lächeln. »Guten Tag, Señorita Aida«, gab er zurück, trat einen Schritt auf sie zu und hob eine behandschuhte Hand, ohne den Blick von ihren Augen zu wenden. Das junge Mädchen schloß die Tür, trat neben ihn und blieb vor dem Gitter des Aufzugs stehen. Sie drückte auf den Knopf, und ein kleines rotes Licht leuchtete unter ihrem Finger auf. Serrano, plötzlich zittrig, beobachtete sie, die Augen fest auf ihre Hand gerichtet, die jetzt die Klinke der Ziehharmonikatür ergriff, und begann einen schwachen, tonlosen Hauch zu zischen.

»Ist etwas mit Ihnen, Señor Serrano?«

»Nein ... nein, meine Tochter, nichts. Mit mir ist nichts«, sagte er. Er machte kehrt und stieg zu seinem Stockwerk hinauf. Bevor er die Tür seines Appartements öffnete, wußte er, daß er endgültig ein armer Teufel war. Sein Traum, eines Tages etwas Großes zu vollbringen, schien ihm ferngerückt, unvorstellbar wie das Antlitz Gottes.

VON DER NOTWENDIGKEIT, DAS MEER ZU SEHEN

Für O. Ch. und C. Ll.

Ich schwör's Ihnen, Carlitos, es gibt nichts Schöneres und Poetischeres, als nachts ohne Hast durch die Straßen zu schlendern, die man mag, nachdem man den ganzen Tag geschuftet hat, und sich von der sicheren, verlockenden Möglichkeit leiten zu lassen, in einer Eckkneipe haltzumachen, um an die Zinkblechtheke gelehnt einen kleinen Gin zu schlürfen. Schauen Sie, man fühlt sich wie in höhere Regionen versetzt, um andere Planetenbahnen zu bewohnen, erregt wie die degenerierten Geschöpfe hier, wenn sie auf dem Land einen brünstigen Hengst mit seinem ganzen Gebaumel sichten. Und schon verliert alles übrige seinen Sinn (das übrige: unser Zuhause, die Rechnungen, das Büro, die Omnibusfahrten und die Breitseite von Fragen, die man sich täglich vom Halse hält); oder es gewinnt ihn zumindest auf neue Weise wieder, aber so, daß alles Beklemmende daran schwindet und das einzige, was einen interessiert, das Vergehen der Zeit ist, die geistige Leere, die scheinbare Neutralität, die der langsam zu Kopf steigende Alkohol einem gewährt. Als nächstes fühlt man sich leicht, geschwind, fast religiös ergriffen. Und schon bekommt man Lust, das Meer zu sehen. Und das ist der schönste Augenblick.

Aber das, was Sie ansprechen, was Sie schildern,

hat für mich eher etwas Schreckliches, wissen Sie, Osiris? Da bedrängt mich die Ungewißheit, ich fürchte, daß ich nur träume und daß die Freundschaft eine vom Gin bewirkte Illusion sein könnte. Ich sage Ihnen: mich beschäftigen weder die Tota noch die Miezen, noch die Arbeit, mit der ich im Büro immer im Verzug bin, noch die Entlassung, die wie ein Damoklesschwert über meinem Kopfe schwebt, das mir ziemlich gleichgültig ist. Nein, es ist etwas Tieferes: die Ängste, die aus meiner Unwissenheit herrühren, aus den vielen Jahren, die ich im Irrtum gelebt habe, den Geschäften, die mir mißlungen sind (das illegale Lotto, der Bäumchendienst in Palermo, einige andere Dinge im Viertel, an die ich mich lieber nicht erinnere). Natürlich verlieren diese Erwägungen angesichts Ihrer Einladung ihre Geltung. Es gibt immer eine einfachere Art, die Dinge auszusprechen. Sie sind zu liebenswürdig, Osiris. Die Liebenswürdigkeit ist eine Eigenschaft, die unter Freunden nicht immer gewürdigt wird. Ich nehme an.

Sie setzten sich an die Theke, zwischen einen Fettwanst mit halbgeschlossenen Augen und einen hühnergesichtigen Zeitgenossen, der einmal in der Minute sein Gleichgewicht verlor, zusammensackte, sich aufraffte und wieder ruhig und mißmutig dasaß und die lange Reihe Weinflaschen anstarrte, die hinter dem bedienenden Galicier standen. Osiris zahlte die drei ersten Glas Gin, die sie in eigensinnigem Schweigen tranken, während Carlitos stillvergnügt vor sich hin rauchte und dachte, es sei das Schönste der Welt, so zu sitzen, ohne nachzudenken. Eine Weile später traten sie in stillschweigendem Einverständnis wieder auf die Straße und wanderten in Richtung Zentrum, weil Osiris sagte, an der Ecke Viamonte- und Carlos-Pellegrini-Straße würde ein sehr gepflegter Gin ausgeschenkt, ein Ausdruck, den Carlitos nicht verstand und nicht zu erwägen beabsichtigte, weil er seinem Freund vertraute wie ein Kind seiner Mutter und empfand, daß er ihn durch und durch mochte und weiter nichts begehrte.

Diesmal zahlte Carlitos, und sie tranken vier Gläschen, während Osiris ihm erklärte, entlang der Carlos-Pellegrini-Straße und ihrer Fortsetzung, der Bernardo-de-Irigoyen-Straße, kenne er mindestens sieben Bars, die einen hervorragenden Gin ausschenkten. Er wollte ihn schon jetzt dazu einladen, weil er an diesem Abend tiefe Ergriffenheit empfand – bedenken Sie, seit fast zwei Jahren gemeinsamer Arbeit, in denen wir uns jeden Abend mit Floskeln verabschiedet haben, dürfen wir diese Gelegenheit nicht versäumen, einander zu erkennen, die Freundschaft zu vertiefen, den Zauber des Zusammenseins zu teilen und uns zu schwören, daß wir Zwillingsseelen sind und jeder von uns das Wichtigste im Leben des anderen ist, denn ich schwöre Ihnen, Carlitos, von diesem Abend an gehöre ich Ihnen mit der Treue einer verliebten Braut, oder besser, mit der eines treuen Hundes.

Carlitos sagte: Sie bedrücken mich, Osiris, aber ich verstehe Sie und erwidere Ihre Gefühle. Sie besiegelten den Pakt mit einem fünften, feierlich getrunkenen Glas Gin, und Osiris psalmodierte von neuem die Aufzählung der Bars, die er in dieser Straße kannte, stieß Carlitos mit dem Ellbogen an, und sie traten auf den Gehsteig hinaus. Sie gingen langsam, sogen die Nachtluft ein, tauschten eine neuerworbene Wärme, mit der sie gegen die unerbittliche Kälte ankämpften, die mitten im August auf Buenos Aires herabsank, und gingen Arm in Arm; Osiris hatte Carlitos' Arm genommen, während dieser eine Zigarette rauchte, die Spitze des Obelisken betrachtete und vergebens dessen Höhe abzuschätzen versuchte.

Pünktlich, ohne vorherige Absprache, kehrten sie in jeder der von Osiris vorgeschlagenen Bars ein. Ohne Wortwechsel teilten sie sich die Zeche, wie es Freunde tun, sprachen von ihrer beider Vergangenheit, erkannten gemeinsame Liebhabereien und Neigungen und erzählten einander Geschichten Dritter, vielleicht in der Überzeugung, daß sie sich liebten und es weiter nichts brauchte, daß man einander nicht mit brillanten Monologen, ungewöhnlichen Berichten und erstaunlichen Anekdoten beeindrucken mußte. Osiris erzählte einfach von seiner Berufung zum Einzelgänger und von der sonderbaren Weise, in der das Schicksal ihn mit Frauen zusammenbrachte. Er war dreimal verheiratet gewesen. Seine erste Frau Carmen hatte er eines Abends bei einem Empfang in der chinesischen Botschaft kennengelernt, während er schottischen Whisky trank und französische Kanapees aß. Eine Stimme hinter ihm hatte ihn betört. Sie besaß ein unbeschreibliches Timbre, etwas wie das Summen einer fliegenden Bremse, wie das Murmeln einer Menschenmenge, die auf einen Fußballplatz strömt, wie der synkopierte Rhythmus beim *Allegro assai* von Beethovens Neunter Symphonie, der für Tenorstimme markiert ist. Er hatte sich nicht umdrehen wollen; wenn die Stimme sich entfernte, ging er rückwärts, während er sich sagte, daß er diese Frau kennenlernen mußte, die er schon jetzt mehr als alles auf der Welt liebte. Einen Monat später heirateten sie. Und drei Monate darauf trennten sie sich, weil Carmen – Sie werden das verstehen, Carlitos – die ganze Zeit redete, jeden Morgen, jeden Nachmittag, jeden Abend, sie machte mich mit ihrer Rederei verrückt, und das alles, weil ich ihr gesagt hatte, ihre Stimme gefalle mir so gut.

Ein paar Jahre danach, an einem Abend wie diesem, ging ich spazieren und geriet in eine Spelunke in der Libertad-Straße. Es war ein einladendes Kellerlokal, ruhig, es war wenig Kundschaft da, und man hörte nur ein Klavier, das ganz leise und sehr korrekt Melodien von Cole Porter spielte. Ich schwöre Ihnen, ich fühlte mich fabelhaft. Plötzlich, Sie werden es nicht glauben, begann eine dickflüssige Stimme wie ein weiblicher Baß zu trillern und Bebop zu singen. Das war wie eine schmeichelnd plätschernde Kaskade, wie ein sanfter Wind. Ich blickte nicht auf die kleine Bühne. Doch als sie *Sentimental Journey* zu singen begann, glaubte ich wahnsinnig zu werden. Ich stand auf, schritt zu einem Tisch dicht an der Bühne und setzte mich zum Zuhören hin. Jemand sagte, ihr Name sei Olga. Sie war die häßlichste Frau, die man sich vorstellen kann: sie hatte sogar einen Schnurrbart. Sie wog soviel wie ein kleiner Lastwagen. Doch sobald man die Augen schloß, jagte einem diese Stimme mit ihrer unnachahmlichen Wärme kalten Schauder über den Rücken.

Als sie zu singen aufhörte, ging ich und schwor mir, wiederzukommen. Und so wurde ich zum Stammgast dieses Kellerlokals. Eine Woche lang saß ich jeden Abend dort. Die Stimme dieser Frau fesselte mich; sie war überwältigend wie die Götter, oder wie man sich das Überwältigende an singenden Göttern vorstellt, falls die Götter singen. Doch am Ende jener Woche mußte ich im Auftrag der Firma, bei der ich damals arbeitete, nach Córdoba reisen. Ich blieb etwas länger als einen Monat fort. Am Tag meiner Rückkehr beendete ich bei Einbruch der Nacht meinen Bericht und begab mich in das Kellerlokal. Olga sang unvergleichlich: Jedes Lied war eine Hymne. Sie selbst war herrlich, eindrucksvoll, sicher, als wäre sie die Fitzgerald bei einem Konzert in der Carnegie-Hall. Als sie ihre Darbietung beendet hatte, stieg sie vom Podium und kam unmittelbar auf meinen Tisch zu. »Sie sind lange ausgeblieben«, sagte sie. Und ich wußte, daß ich verrückt nach ihr war.

Sie gelangten zur Ecke San-Juan- und Bernardo-de-Irigoyen-Straße. Nach zwei Glas Gin gingen sie gemeinsam in die Toilette, urinierten schweigend und starrten auf ihre Urinstrahlen. Osiris war als erster fertig, rührte sich aber nicht. Mit sorgenvollem Gesichtsausdruck und heiserer Stimme, die wie eine Wehklage klang, fragte er: Können Sie sich vorstellen, Carlitos, was drei Monate Zusammenleben mit einer fetten Schnurrbärtigen bedeuten, die den ganzen Tag, den ganzen Nachmittag, die ganze Nacht singt, die nichts anderes tut als singen, bis man nicht mehr weiß, wo einem der Kopf steht? Carlitos sagte, das könne er verstehen, es müsse unerträglich gewesen sein, manchmal brauche man auch die Stille, vielleicht weil die Stille eine schöne Form der Liebe ist. Und als er Osiris so traurig sah, trat er näher, legte eine Hand auf seine Schulter, sagte: Gehen wir, Osiris, und sie verließen die Toilette und traten auf die Straße hinaus.

Die Nachtkälte belebte sie. Sie machten ein paar Bemerkungen über die Vorzüge des Gins als Mittel gegen die Kälte, ignorierten einen Menschen mit abgetragener Jacke, der sich ihnen näherte, sie um ein paar Münzen bat, um etwas Warmes trinken zu können, und sie Kameraden nannte, und gingen weiter, dem Gehsteig treu, wie versessen darauf, sich gegenseitig immer mehr zu schätzen. Irgendwann umarmten sie einander, und Carlitos sagte, die Frauen machten nun einmal alles verzwickt, wenngleich sie übereinkamen, daß sie dennoch notwendig seien. Jetzt schlug Osiris vor, in die Lima-Straße abzubiegen, wo er eine Bar kannte, in der der Gin eisgekühlt serviert wurde; er fand es interessant, ein paar so zu kippen, um anschließend einen heiß mit einem Täßchen Mokka zu trinken, was – dessen war er sicher – unvergleichliches Wohlgefühl erzeugen mußte. Das schien Carlitos eine glänzende Idee.

Als sie in die Lima-Straße gelangten, wiegte Osiris zustimmend den Kopf und klopfte Carlitos auf die Brust, während er sagte, Rosa María sei Peruanerin – manchmal verfolgt mich die Erinnerung an sie, ich scheiße auf das Leben. Rosa María war seine dritte Frau gewesen. Carlitos deutete auf die Bar in der Mitte des Blocks und sagte, kommen Sie, Osiris, kommen Sie und erzählen Sie, aber werden Sie mir nicht traurig, nicht heute nacht, merken Sie nicht, wie glücklich wir sind?

Sie tranken die beiden eisgekühlten Glas Gin, erkundigten sich nach der Methode des Wirts, der die Flasche in einem Eiskübel aufbewahrte, als sei es Champagner, und gleich darauf berichtete Osiris mit eintöniger Stimme, wie er Rosa María bei einem

Abschiedscocktail in einer bedeutenden Werbeagentur kennengelernt hatte. Beim Eintreten, Carlitos, wurde man mit einer Platte winziger Pastetchen überrascht, gefüllt mit Fleisch, Kartoffeln und scharfen Sachen, so lecker, wie ich sie nie zuvor gekostet hatte. Diese Pastetchen waren ein Gedicht, glauben Sie mir; nur hochbegabte Hände konnten sie hergestellt haben: Sie vereinten Zärtlichkeit, Wärme, Aroma. Ihr Geschmack war wie ein süßer Duft, der sich dem Gaumen mitteilte. Man hatte die Empfindung, daß man sogar mit dem Gehirn kaute. Ich wurde wahnsinnig, Carlitos, ich verzehrte an die zwei Dutzend davon. Und vermochte der Versuchung nicht zu widerstehen: Ich empfand unüberwindliche Gelüste, das Bedürfnis, die verzweifelte Begierde, die Herstellerin dieser Genüsse kennenzulernen. Verstehen Sie, Carlitos? Ich mußte diese Hände sehen! Ich war verliebt in diese Frau, ohne sie zu kennen.

Der Wirt sagte »auf meine Rechnung« und schenkte eine neue Runde ein. An die Theke gelehnt, stand er ihnen gegenüber und hörte aufmerksam der Erzählung zu. Carlitos bat ihn, mit ihnen zu trinken. Lächelnd strich der Mann sich den Schnurrbart glatt und schenkte sich ein Gläschen ein. Sie erfanden aus dem Stegreif einen Trinkspruch. Carlitos erklärte ihm, seit einer Reihe von Häuserblocks tränken sie bereits gemeinsam Gin, in diesem Teil der Welt gäbe es nichts, was wie der Gin dazu tauge, eine Freundschaft zu besiegeln, und sie dächten nicht daran, zu anderen Getränken überzugehen, weil die Bräuche, die wahre Freunde verbinden, nicht zahlreich, aber fest verankert sein müßten. Osiris stimmte zu und sagte: Carlitos, Sie sind ein Philosoph. Von neuem stießen die drei auf einander an, und der Wirt fragte, was mit der Frau gewesen sei – wie war sie, haben Sie sie kennengelernt? Und Osiris sagte, ja, versteht sich, ich habe sie geheiratet, obwohl sie zehn Jahre älter als ich und nur einen Meter zwanzig groß war, und mit der ging es am längsten gut, etwa drei Jahre, denn sie war eine fabelhafte Köchin, sie verstand einen Locro-Eintopf zuzubereiten, so daß man auf allen vieren kroch und um Verzeihung bat, und einen Hammel à la Huancayaqueña, wenn man den gekostet hatte, verlangte es einem nach nichts mehr auf der ganzen Welt; aber die Tante verstand außer dem Kochen nichts, gar nichts, und würzte außerdem ihre Gerichte so stark, daß ich in jenen Jahren fünfundzwanzig Kilo zunahm, und seitdem bin ich so dick und leide an einer völlig verkorksten Leber.

Sie verließen die Bar, nachdem sie sich vom Wirt mit der gleichen Herzlichkeit verabschiedet hatten, mit der sich alte Tanten begrüßen, und Osiris versicherte, er habe zuviel geredet, verzeihen Sie mir, Carlitos, manchmal überkommt es einen, und man merkt es nicht, aber Carlitos sagte, das fehle gerade noch, es war mir ein Vergnügen, Ihnen zuzuhören, und sie schlenderten ziellos weiter, bis sie an die Plaza Constitución gelangten und feststellten, daß sie müde waren. Sie setzten sich auf eine Bank und sahen zu, wie die Busse den Platz umkreisten, als seien sie beide der Mittelpunkt eines riesigen Karussells, bis Osiris sagte, wie schön es hier sei, nicht wahr, Carlitos? Und Carlitos sagte, ja, aber es ist kalt, ich brauche noch einen Gin, viele, denn ich habe Angst, daß mich die Erinnerungen langsam wieder kleinkriegen. Sie standen auf und gingen die Juan-de-Garay-Straße entlang, bis sie auf eine Bar stießen, deren Scheiben entweder beschlagen oder schmutzig waren (eine Frage, die sie kurz erörterten); schließlich traten sie ein und baten um Gin, während Carlitos von seiner liebsten Erinnerung sprach, von jenem 17. Oktober 45, als die Alte kam und zu mir sagte, Carlitos, du mußt auf den Platz gehen und sehen, ob sie den Oberst freigelassen haben, und ich wußte nicht, worum es ging, ich war ein Bursche, der sich nur für Miezen und fürs Knobeln interessierte, aber ich ging mit der Alten und mit allen Leuten aus der Pension; einer hieß Ruiz und schlug eine Pauke, von der ich nicht weiß, wo er sie aufgegabelt hatte, und ein anderer, Josecito, trug an einem Besenstiel ein Plakat mit einem Foto von Perón, und alle sangen und schrien, und das ganze Land war auf der Straße, stellen Sie sich vor, Osiris, in diesen Leuten wirkte ein wahnwitziger Glaube, und ich wußte, daß ich von diesem Augenblick an für immer Peronist sein würde.

Osiris blickte ihn nickend an, und als er Carlitos' feuchte Augen sah, sagte er, na so was, zum Teufel, fabelhaft, mir ist das gleiche 33 passiert, als Yrigoyen starb, schauen Sie, ich war ein kleiner Schlingel, und mein Alter sagte, komm, Osiris, sollst mal sehen, was das Volk ist, und nahm mich zum Begräbnis des »Gürteltiers« mit, und da war Gott und die Welt versammelt, alles beweinte seinen Tod und schielte dabei böse zur Seite, weil es von Miliz wimmelte, es schien fast, als seien die Leute nur auf die Straßen geschwärmt, um ihren Widerwillen gegen die oligarchischen Justo-Anhänger zu demonstrieren; sagen Sie selbst, ob Yrigoyen nicht groß gewesen ist, der die Massen noch nach seinem Tode mitriß.

Eine Weile verharrten sie schweigend und tranken langsam und beharrlich ein Gläschen nach dem anderen. Carlitos fragte, ob er glücklich sei, und Osiris dachte eine Weile nach, wiegte den Kopf und sagte, wenn es Fragen gebe, auf die er keine Antwort wisse, so sei dies eine davon, und das einzige, was er sagen könne, sei, daß er sich in diesem Augenblick unter diesen Umständen als der glücklichste Mensch auf der Erde fühle und daß ihm nur noch das Meer fehle, um vor Glück in Tränen auszubrechen. Carlitos rief voller Begeisterung, das sei wahr, wenn sie in diesem Augenblick das Meer sehen könnten, würden sich alle Probleme seines Lebens in Luft auflösen, weil das Meer die Geister läutert – das habe ich irgendwo gelesen, und das stimmt sicher, weil ja folgendes passiert: Wenn einer das Meer anschaut, gewinnt er das genaue Maß seiner selbst, das Meer ist eine Art, uns vor Augen zu führen, wie klein wir sind. Osiris leerte ein neues Gläschen und erklärte: Ein Philosoph, Sie sind ein Philosoph, Carlitos, während Carlitos weitersprach, als habe er ihn nicht gehört, und sagte, das Meer sei ein Spiegel, der dem Menschen sein genaues Größenmaß zurückwerfe, und Osiris sagte, großartig, und beide sagten im Chor, wie gern sie das Meer sehen würden, während Carlitos sich an den Pikkolo wandte, der an der Theke bediente, und ihn um eine neue Lage Gin bat.

Als sie bedient worden waren, hob Osiris die Brauen und legte rülpsend eine Hand auf Carlitos' Arm: Ich muß es sehen, versicherte er, als ob es das einzige Thema sei, das das ganze Land bewegte, ich muß das Salzwasser im Mund spüren, die Meerwassertropfen müssen mir aus den Mundwinkeln rinnen, sich in meinem Schnurrbart teilen und auf meinen Wanst fallen. Carlitos sah ihn verwundert an und meinte, verdammt, es stimmt, mir geht es genauso, saublöd, daß Buenos Aires nicht am Meer liegt, ich sage ja immer wieder: Es ist eine ganz wunderbare Stadt, aber es ist eine leere Stadt; wem mag bloß der Gedanke gekommen sein, eine Stadt wie diese nicht am Meerufer zu gründen, das ist eine Ungerechtigkeit, das ist meine Meinung, aber Carlitos blickte ihn unverwandt an, ohne ihn zu sehen, und sprach davon, den Geschmack, den Salzgeschmack des Meeres zu schmecken, wir müssen sofort aufbrechen, Carlitos, wir müssen ans Meer fahren.

Sie zahlten die Zeche und verließen eilends das Lokal, sie stützten einander, um ihr alkoholbedingtes Stolpern aufzufangen, und marschierten zwei Blocks weit auf der Suche nach der Endstation irgendeines Transportunternehmens, bis Osiris triumphierend einen Finger ausstreckte, dort ist sie, Micromar. Sie kauften Fahrscheine nach Mar del Plata für den ersten Bus nach Mitternacht, der in zwanzig Minuten abfahren sollte. Glückselig wie Kinder, die in die Ferien fahren, nutzten sie die Wartezeit, um ein weiteres Gläschen zu trinken, brachten einen Trinkspruch auf die Zuneigung aus, die sie füreinander empfanden, auf den Wunsch, Buenos Aires möge eines Tages ein Meer besitzen, auf Perón, auf Balbín, auf die drei Frauen von Osiris, auf den Zauber der Winternächte und auf die Treue des Gins, dieser vielgestaltigen Braut der einsamen Männer. Osiris schlug vor, daß Carlitos vor ihrer Abfahrt Tota benachrichtigen solle, doch Carlitos lächelte, sagte, steigen wir erst mal ein, und erklärte dann, daß sie das nicht verstehen würde, daß er es ihr am Telefon nicht erklären könne, daß Frauen so etwas nie im Leben verstehen könnten und daß er sich vor vielen Jahren in sie verliebt habe, aber dennoch wisse, daß es Dinge gebe, die sich ihr unmöglich verständlich machen ließen. Und daß er letzten Endes aufgeregt und glücklich sei und sich einen feuchten Kehricht aus der Tota mache.

Sie hielten sich unterwegs an der Hand und blickten immer wieder auf das nächtlich verdüsterte Flachland hinaus. An jeder Haltestelle tranken sie mehrere Gläschen Gin – Chascomús, Dolores, Maipú – und kamen schließlich in Mar del Plata an, ohne geschlafen zu haben, mit dunklen Augenringen, aber fröhlich, zuversichtlich, mit losen Krawatten und flatternden Mänteln. Auf dem Bahnsteig der Endstation streckten sie sich, lachten mehrmals laut heraus und sogen geräuschvoll die vom Strand herüberwehende Luft ein. So schnell es ihre Schwerfälligkeit ihnen erlaubte, liefen sie erregt los, stolperten mehrmals, während sie über die vom Meer näherkommende Helligkeit sprachen.

Schließlich erreichten sie es keuchend und blieben an der Uferstraße stehen. Sie betrachteten die unermeßliche Weite des Horizonts, wach und mit einem besonderen Schweigen. Plötzlich brach Osiris das Schweigen und begann langsam zum Ufer zu laufen, während er murmelte, unglaublich, einfach unglaublich, und Carlitos lief hinter ihm her, ohne die Tränen zurückhalten zu können. Sie liefen weiter, bis das Wasser ihre Schuhe beleckte, ihre Knöchel, sie vergaßen die Kälte des Morgengrauens, sie atmeten tosend, voller Ergriffenheit, und Osiris wollte sich vorsichtig niederkauern, begriff aber sogleich, daß das angesichts seines dicken Bauches und seiner Trunkenheit nicht möglich sein würde. Nun sagte Carlitos, erlaube mir, und beugte sich hinunter, um eine kleine Welle mit der Hand einzufangen, er ließ das Wasser an seinem Handgelenk hinabrinnen und richtete sich auf. Er blickte Osiris an und hob die Hand zu dessen Mund. Er steckte ihm die Finger zwischen die Zähne und befeuchtete seine Zunge. Lutsche, Osiris, lutsche, bat er ihn, zitternd, weinend, während Osiris seine Zunge bewegte und mit geschlossenen Augen und einer vom eigenen Weinen brüchigen Stimme ausrief, wie wunderbar, Kamerad, wie wunderbar.

Semper Fidelis

*Für Pedro Orgambide, Luz Fernán-
dez, Gustavo Masso und Octavio
Reyes*

Die Nacht des vergangenen Osterdienstags war in
Oaxaca eine heiße, feuchte, dichte Nacht. Im Hotel
Señorial, diesem alten Gebäude, das auf den Portal de
Flores genannten Geflügelmarkt geht, gegenüber
dem durch den Dom und den Palast der Staatsregie-
rung beherrschten Zócalo, dem Hauptplatz, versicherten die Tagelöhner, die Temperatur entspreche
der Jahreszeit, so normal wie der erstaunliche Einfall
von Gringos, die an diesem Abend den Hauptplatz
besetzt hielten wie abflugbereite Zugvögel, die sich
jedoch vorher auf Bänken mit und ohne Lehnen, auf
Rasenflächen und an Straßenecken, rings um den
Musikpavillon und auf dessen Kuppel niederließen,
wohin man auch spähte, um anderen Vögeln, ihren
Brüdern, die sich dem für den kommenden Sonntag
vorgesehenen Massenwanderflug mit Sicherheit zu-
gesellen würden, einen Rastplatz zu sichern.

Diese Ansammlung lenkte jeden Beobachter ab. Es
war unmöglich, sich auf ein Gesicht, auf eine Gestalt
zu konzentrieren. Vielleicht wurde ich deshalb lange
Zeit (an Ostern ist die Zeit besonders schwer zu
bestimmen) nicht auf das junge Mädchen aufmerksam, das so traurig neben mir auf derselben gußeiser-
nen Bank saß, die wir uns anscheinend von den
Vögeln ergattert hatten.

Aus zwei Gründen werde ich nicht ihren Namen verraten: erstens, weil ich ihn nicht weiß, ihn nie erfahren habe und ihn auch nicht herausfinden wollte; zweitens, weil ich, da er sich so leicht erfinden ließe, ahnte, daß ich auf keinen stoßen würde, der wirklich zu ihren bleichen, glanzlosen Augen passen würde, zu diesem ausdruckslosen lippenlosen Mund, zu diesem langen, schwarzen, zu erzwungener Kraftlosigkeit zurückgebürsteten Haar, das aber trotzdem die vielen Naturlocken nicht bändigen konnte, auch nicht zu der Haltung unendlicher Hoffnungslosigkeit, die das Mädchen zur Schau stellte, mit seinem kleinen, mageren reizlosen Körper mit schlaffen knotigen Beinen und seinen auf dem kurzen Rock in entsagender und des Hilfesuchens unfähiger Haltung gefalteten Händen, vielleicht weil sie schon so oft darum gebeten hatten und das Leben ihnen anscheinend nur Zeichen seiner grausamsten Seite gezeigt hatte. Bald erfuhr ich, daß alles so war, wie ich es mir gedacht hatte.

Ich zündete mir eine Zigarette an, angeödet von so vielen häßlichen, ungepflegten Gringofrauen mit für meinen Geschmack allzu behaarten Beinen, mit ihren unfehlbar metallgerahmten Brillen und einem Gang, der dem ebenso eleganten wie sinnlichen Gang einer rheumatischen Ente ähnelte, und da ich ein scharfer Beobachter bin, widmete ich mich dem aufmerksamen Betrachten. Neben dem Pavillon, in dem eine Kapelle spielte, lag am Fuß einer der vier Treppchen, genau vor uns ein Mann, kaum älter als dreißig Jahre, der sein Besäufnis neben einem im Lauf des Tages gesammelten Haufen Papier versabberte. Auf einer Seite von uns bummelte eine Gruppe von vier

jungen Menschen mit verschränkten Händen in auf-
fälliger Kleidung über einen Teil des Platzes, lachte
die anderen herausfordernd an und ließ seine Arm-
bänder klirren und ein um den Hals hängendes vor-
lautes, auffälliges Glöckchen. Weiter weg suchte ein
Kind, dessen Mongolismus sich als ebenso auffällig
wie grausam erwies, eifrig ein Eis zu lutschen, eine
Aufgabe, die seine Koordinierungskräfte überstieg,
während seine Mutter – sie war wohl seine Mutter –
ihm den Rücken zudrehte und mit einem fettleibigen
Zeitgenossen plauderte, dem das linke Bein und drei
Finger einer Hand fehlten. Und um dieses Bild, diese
fast verwirrende Choreographie abzurunden: das un-
ablässige Auf und Ab Hunderter namenloser Bürger,
treuer und pünktlicher Fußgänger, die mit finsteren
Gesichtern, Zeichen von Ermüdung, Selbstverleug-
nung, mißgestimmten Mienen, dem Ausdruck von
Unverständnis und Entsetzen vorüberpilgerten, mit
dem hastigen und fast geheimnisvollen Schritt, wie
ihn Menschenmengen haben, die stets nirgendwohin
zu streben scheinen.

Das Mädchen nahm meine Beobachtungen nicht
wahr. Ich glaube, es wurde ihr auch nicht bewußt,
daß ich ihre eigene Aufmerksamkeit heimlich betrachtete, mit der sie dem alten, kriegerisch bewegen-
den Marsch *Semper Fidelis* von John Philip Sousa
lauschte, zu dem die Musikkapelle in diesem Augenblick einsetzte.

Sie merkte es nicht, aber ich wurde mir all dessen
bewußt. Nichts entging mir. Überdies war es offensichtlich, da die Kapelle und die Marimbagruppe der
Staatsverwaltung alle Tage – Feiertage, Wochenenden, nationale und religiöse Festtage sowie an

Werktagen – auf diesem Platz spielen. Und an all diesen Tagen – an allen Tagen – das erriet ich, sitzt das junge Mädchen hier, nimmt fast immer seinen Platz auf dieser Bank ein und betrachtet alle, von den Ledersandalen bis zum Kopf, in den Stunden, in denen sie von acht bis zehn Uhr abends hier flanieren.

Sie tut das aus zwei für sie gleichermaßen gültigen Gründen: Der erste ist, daß das Provinzleben von Oaxaca offensichtlich keine allzu große Auswahl an Volksbelustigungen bietet, so daß ein Bummel auf dem Hauptplatz und das Anhören der Staatskapelle eine zwangsläufig anziehende Gewohnheit zu sein scheint; der zweite Grund ist einfacher, weniger soziologisch: Das junge Mädchen ist in den hochgewachsenen jungen Mann mit eckigem, abgezehrtem Gesicht, eingesunkenen Augen, vulgärer Nase und unpersönlich schmalem Schnurrbart verliebt, der die beiden riesigen, schrillen Becken der Kapelle bedient. Gibt es einen Zweifel? In diesen Dingen irre ich nie.

Jedoch handelt es sich, wie leicht zu erraten, um eine unerwiderte Liebe, diese beständige Herbstleidenschaft, die so viele Frauen heimsucht, auch in Städten eines feurigen Frühlings wie in Oaxaca an einem Osterdienstag. Und sie ist so unerwidert, daß der Beckenspieler – oder wie sich der nennt, dem in den Dorfkapellen ein so reizloses Amt obliegt – nicht im entferntesten die durch ihn erweckte Leidenschaft ahnt. Eine Leidenschaft, die offensichtlich vor etlichen Jahren Gestalt annahm, nehmen wir einmal an, als sie eines Weihnachtsnachmittags die Musikkapelle durch die Valerio-Trujano-Straße martialisch im festen, genauen Schritt von Sousas *Semper Fidelis* auf den Pavillon des Zócalo-Platzes zumarschieren sah. Fraglos folgte die Kleine an jenem Nachmittag der Kapelle auf den Fersen, um zu entdecken, daß das ganze Orchester die kantigen Gesichtszüge des jungen Mannes am Ende des Zugs annahm, der aus seinem kriegerischen Tritt geriet und seine Becken in einem Tschan-Tschan, Tschan-Tschan erschallen ließ, das in jedem feinen Musikliebhabergehör unerträglich geklungen hätte.

Das junge Mädchen schritt hinter der Blasmusik drein, sah die Kapelle die Stufen zum Pavillon erklimmen, ohne ihren Marschrhythmus vollständig einzubüßen, und sah sie zwischen mühsam gehaltenen C's und F's Platz nehmen und den *Semper Fidelis*-Marsch mit dem von Sousa verlangten militärischen Schwung, dem metallisch-feierlichen Klang beenden. Dann versteckte sie sich hinter den riesigen Feigenbäumen des Platzes, den hoch aufragenden Eschen rings um das Gartenhäuschen, den mächtigen Nußbäumen, die auf die Avenida Hidalgo gehen, und ihren Standort auf unerklärlich verstohlene Weise auf den beiden den Platz kreuzenden Diagonalwegen verändernd, achtete und lauschte sie besonders aufmerksam auf das Schlagen der Becken.

Ich hegte nicht den geringsten Zweifel. Dann erfuhr ich, daß das junge Mädchen seit jenem Nachmittag nach Ladenschluß ihre Arbeitsstelle verläßt – vielleicht ist sie Verkäuferin in einer Apotheke im Süden der Stadt –, den Bus besteigt und am Zócalo genau zu der Stunde aussteigt, in der die Orchester aufzuspielen beginnen.

An Werktagen wechseln die Kapelle und die Marimbagruppe ihre Darbietungen ab. An Wochenenden und Feiertagen spielen sie zusammen. Doch die Treue des jungen Mädchens bekundete sich dadurch, daß es – ich weiß es unfehlbar – auch an den Nachmittagen zuhört, wo nur die Marimba aufspielt, vielleicht weil es die geheime, uneingestandene Selbsttäuschung nährt, daß sein Geliebter sich als einfacher Zuschauer auf dem Platz befinden könne. Oder weil es gelernt hat, den aufdringlich begeisterten Ausdruck zu lieben, diese den Hormiguillo-Holztasten seltsam entspringenden metallischen Töne, welche die Zedernröhren zum Erbeben bringen, fröhlich gespielt von den sechs oder gelegentlich sieben Musikern, die mit den merkwürdig magischen Schlegeln auf den beiden riesigen Xylophonen hin- und herschwirren, welche die Tugend besitzen, den Wald in Musiknoten, mit Begleitung von Schlagzeug und Kontrabaß zu verwandeln.

Im Lauf dieser Jahre hat das junge Mädchen seine jugendliche Ungeduld zu bezähmen gelernt; immer sitzt es auf derselben Bank, würzt dieses endlose Warten mit Spaziergängen zwischen den Menschen, mit Plaudereien unter Freunden – man trifft immer Freunde auf den Provinzplätzen – oder sitzt ganz allein mit seinen Gedanken, sucht Zuflucht in der Gelassenheit, die denen eigen ist, die durch lange Zeit genährte Ziele hegen. Um neun Uhr dreißig oder einfach, nachdem die Kapelle zu *Semper Fidelis* angesetzt hat, wandert das junge Mädchen langsam zur Ecke des Doms, wo sie auf den Bus wartet, der sie kurz vor zehn Uhr vor ihrem Haus rausläßt, ich glaube, im Osten der Stadt.

Diese Geduld – in Wirklichkeit nur eine Form

verdrängter Neugierde – hat ihr erlaubt, einige Aspekte aus dem Leben des Beckenspielers kennenzulernen: An einem Abend näherte sie sich verschwiegen der Kapelle und hörte ihn in einer Pause mit dem alten Tubabläser reden. Sie erfuhr, daß der junge Mann in einer Pension in der Xochitl-Straße wohnt und seiner Aussprache nach ein Küstenbewohner sein und vielleicht aus Chiapan stammen muß.

An einem anderen Abend unterhielt sie sich mit dem Schlagzeuger der Marimbagruppe, den sie errötend und sichtlich nervös nach dem von ihr geliebten Musiker ausfragte. Der Schlagzeuger, ein witzereißender, sympathischer Vierzigjähriger, gestand, daß er ihn so gut wie nicht kenne, versicherte ihr aber, daß er, sofern sie das interessiere – er sagte das mit Verschwörerlächeln –, während der Sonntagvormittagsproben einige Einzelheiten aus seinem Leben herausfinden würde, wenn die Musiker sich beim Stimmen ihrer Instrumente zusammenfinden, neue Stücke proben und sich zwangsläufig unterhalten, einander kennenlernen, vielleicht sogar miteinander vertraut werden.

Sie konnte nicht mehr nein sagen, ihn nicht mehr bitten, von seinem Vorhaben abzulassen, weil der Schlagzeuger sich einem Gringo zuwandte, der die Geheimnisse des so ursprünglichen, metallischen Tons der Marimba zu erfahren wünschte, worauf der Dirigent ohne Übergang *La Llorona* – die Weinerliche – aufzuführen befahl und das junge Mädchen, ohne sich eines plötzlichen Gefühls der Ratlosigkeit erwehren zu können, sich zurückzog, in Schluchzen ausbrach, ausgelöst durch das Lied, das die Marimba anstimmte, wiewohl mit der inneren Gewißheit, der

Schlagzeuger werde ihr bei nächster Gelegenheit Wichtiges zu erzählen haben.

Seit damals war viel Zeit vergangen, wenn der Ablauf mehrerer Monate als lange Zeit zu betrachten ist. Jedenfalls war das Warten für das junge Mädchen hart, langwierig, angstvoll. Sie nährte sich von ihrer gewohnten Tätigkeit, von Selbsttäuschung, von Trostlosigkeiten, und auch von der unerklärlichen Kälte, die man in Sommernächten spürt, wenn man auf eine schöne Frau wartet, mit der man zu schlafen gedenkt. Im Grunde nährte sie sich von einer tiefen Zärtlichkeit, die ich kleinstädtisch, harmlos nennen würde und die zu bemerken mich wütend machte. Einmal übrigens, dessen bin ich sicher, folgte sie ihm bis zu seiner Pension in der Xochitl-Straße, sie schrieb ihm auswendig gelernte Gedichte und betete sogar in dem jahrhundertealten Dom von Oaxaca um einen Blick des jungen Beckenspielers. Und natürlich wartete sie darauf, daß der Schlagzeuger der Marimbagruppe ihr schließlich etwas über ihren Geliebten erzählen werde. Es konnte nicht anders sein. Bis zu jenem Osterdienstagabend, kurz bevor ich mich auf dieselbe Bank wie sie setzte, der Schlagzeuger auf sie zukam und sagte, sie möge verzeihen, daß er nicht früher mit ihr gesprochen habe, und sich auf die Nachricht beschränkte, der junge Beckenspieler habe die Absicht, die Stadt zu verlassen, um in die Hauptstadt der Republik überzusiedeln; er erläuterte einige Einzelheiten, erzählte etwas über die Einsamkeit des jungen Mannes und seinen Wunsch, Ingenieurwissenschaften zu studieren, ein Interesse, das seinem wachsenden Desinteresse für die in der Staatskapelle gespielte obskure Rolle entgegenstand. Das junge

Mädchen dankte höflich für die Auskunft, und der Schlagzeuger stieg von neuem zum Musikpavillon hinauf.

Sie blieb stumm und versunken sitzen und entdeckte eine bislang unbekannte seelische Gelöstheit. Sie vergoß nicht eine Träne. Sie veränderte nicht ihre Stellung, ihre Haltung entsagender Würde, noch wandte sie die Augen von der Menschenmenge, die auf dem Zócalo kreiste, bestehend aus Einheimischen verschiedenster Herkunft und der überwältigenden Menge von Gringos, die sich in Turnschuhen oder Plastiksandalen neugierig, unerschütterlich vorwärts bewegten, bis die Kapelle die Marimbagruppe ablöste und mit kriegerischer Schrillheit, die in den Ohren des jungen Geschöpfs ungewöhnlich klingen mußte – das war mir klar –, zum *Semper Fidelis* einsetzte.

Niemand wird mir den Gedanken aus dem Kopf schlagen, daß sie jetzt ihre Treue der vergangenen Jahre wiedererlebte. Wie der Marsch, war sie »immer treu« gewesen, und das schien mir großartig, erhaben, ein ebenso starkes Gefühl wie der Haß, den ich für den unglückseligen Beckenspieler empfand, der in dem Pavillon stand wie ein Turner auf dem Podium, mit der Aufgabe, stupide Tschan-Tschan, Tschan-Tschan zu schlagen, unwissend und fröhlich, weil er, der große Scheißkerl, fortging, während die Kleine ihn hingerissen anblickte, mit jener unendlichen, hellsichtigen, unerschöpflichen Traurigkeit anblickte, und ich war sicher, sie werde an meiner Schulter weinen, und ich vermochte kaum meinen Ärger zu beherrschen und dachte daran, in die Kapelle einzudringen und dem Hohlkopf eins überzuziehen, ich gedachte ihn totzuschlagen, weil ein Typ wie der kein Recht hatte zu leben.

Doch ich hielt mich zurück, denn so bin ich, sehr intuitiv, ich weiß meine Heftigkeit zu bezwingen und muß gut darüber nachdenken, bevor ich jemanden töte. Überdies waren diese letzten Beckenschläge, diese Klangfülle lähmend, und ich mußte bleiben, bis sie zu weinen begänne, sicher hatte Sousa es sich so vorgestellt, sagte ich mir, wie um eine besondere, unergründliche, unerzählbare, kaum vorstellbare und so eindrucksvolle Bedeutung herzustellen, daß, wer weiß, schließlich und endlich nicht einmal Sousa selbst es vermutet hätte. Die Bedeutung eines Abschieds. Und mitten in meiner Benommenheit angesichts einer so glänzenden Wiedergabe schien mir, daß der Beckenspieler sich umdrehte und dem jungen Geschöpf unvermittelt in die Augen blickte, ohne Verstellung, zum ersten und zum letzten Mal.

Ich sage: ich glaubte das zu sehen, denn als ich mich das fragte, fiel mir die plötzliche Abwesenheit des jungen Mädchens auf, und das brachte mich zur Weißglut – die Weiber sind feige, wie Sie wissen. Ich verspürte gute Lust, ihr nachzurennen und ihr zu sagen, ihr zuzuschreien, daß sie dumm sei, daß ich, weil sie mir das antat, gute Lust hätte, auch sie zu töten. Ich dachte ernstlich daran, es zu tun, denn schließlich und endlich hatte sie auf der Bank des Platzes eine so schöne Wärme hinterlassen, welche die Gewißheit von Nähe und Gegenwart besaß, die wohlige Wärme verwundeter Tauben.

Leb wohl, Mariano, leb wohl

Es war ganz sicherlich ein Irrtum. Ein Verhängnis, eine Laune des Schicksals, was weiß ich. In jenen Tagen war mir angst und bang. Und du, das möchte ich glauben, hast es nicht bemerkt. Du gerietst außer dir und sagtest, ich gebärdete mich wieder einmal als Snob, du hieltest meine Belästigungen nicht mehr aus; du beschuldigtest mich der Vulgarität mit dem Anspruch eines Lackaffen, du nanntest mich einen Dummkopf.

Ich glaube, die Hand ist dir ausgerutscht, Mariano. Du wußtest, daß ich nicht heuchelte, daß ich mich wirklich schlecht fühlte, daß ich wie ein verrückt gewordenes Meerschweinchen von einer Ecke zur anderen rannte, bedrückt von unbezähmbarer Angst, deren ich nicht mehr Herr werden konnte. Oder hast du vielleicht nie so empfunden, daß du nicht mehr weißt, was du mit deinem Leben anstellen sollst, mit deinem Körper, daß dich nichts mehr interessiert und es ist, als sitze in deinem Innern ein Zwerg, der dir die Eingeweide zerfleischt? Wir brauchten uns nur ein paar Tage nicht zu sehen, damit dein Fehlen mich zur Verzweiflung trieb. Jeden Augenblick stand mir – wie ein täglicher Alptraum – jener Abend vor Augen, an dem du mir besoffen zuschriest, ich sei ein Elender und du wolltest mit mir und meinem Leben nichts mehr zu tun haben, die bloße Erinnerung daran reizte mich bis aufs Blut, weil du dich bereits in eine Obsession verwandelt hattest, in etwas Niederdrükkendes, Unwirkliches, das sich meiner Gedanken bemächtigt hatte.

Du warst so hart, so brutal und erbarmungslos, daß dein Gebaren mich nicht einmal verletzte. Es war schlimmer: Ich dachte, die Dinge solcherart wären nicht darauf angelegt, mir weh zu tun, da sie spontan gesagt und vielleicht nicht tief empfunden waren. Doch wie viele Spontaneitäten, wie viele Augenblicke werden ewig. Und deine Abwehr wurde zum Tag mit seiner Nacht, wurde zum nächsten Tag, zu drei Tagen, zu einer Woche, und du bist nicht erschienen. Ich wußte, daß du mich nicht anrufen würdest, daß du fest entschlossen warst, mich nie wieder zu sehen; und was mich im ersten Augenblick nicht schmerzte, begann mir dann weh zu tun, wie wenn man sich mit dem Rasiermesser in den Finger schneidet und er einem erst am Abend weh tut.

Seit damals fühlte ich mich zerrüttet, mein Körper war taub, ich zwickte mich dauernd in die Seite, wie du es immer tatest, wenn wir am Strand spielten. Ich begriff, daß ich dich idealisierte, weil alle anderen sich in meinen Augen als unwichtig, selbstsüchtig, lieblos erwiesen. Nur du existiertest für mich in der Luft, die ich atmete, und meine Erinnerung an dich war mir so lieb wie die an jene Gedichte, die du im Café des Tschechen hingekritzelt hattest. Bis es mir einfach unmöglich wurde, beherrscht und rasend weiter zu warten, und ich dachte, daß du mich möglicherweise, was weiß ich, kennst und weißt, was aus mir wird, wenn meine Gedanken sich verwirren: Ich bringe alles durcheinander, ich liege wach, ich werde ungeduldig und, schön und gut, Mariano, du mußt verstehen: Ich beschloß, dich anzurufen.

Ich wählte deine Nummer ohne Angst: Nach diesen zwei Monaten des Nachdenkens und Nachdenkens gewann ich mit einemmal die Gewißheit, daß ich recht daran tat, und ich glaube, mein Groll schwand sogar. Ich wählte langsam, dachte daran, was du manchmal darüber sagtest, ob leben sich lohne; wenn ich etwas Wichtiges tue, denke ich wieder an unsere Gespräche vor drei Sommern, als wir uns das fragten und antworteten: Ja, so ja; und du blicktest mich an, Mariano, und ich schwöre dir: Damals war ich imstande, mein Leben für diese Behauptung hinzugeben.

Auch wenn ich versuchen wollte, objektiv zu sein – was schwierig ist, du kennst mein Temperament –, ich glaube, daß ich jetzt nicht mehr das gleiche sagen könnte. Zumindest, wenn ich dich nicht habe, fühle ich mich nicht in der Lage, irgend etwas zu beschwören, und es ist mir gleichgültig, wenn du meinst, ich verfalle ins Melodramatische: Schließlich und endlich lebt einer weiter, weil er nicht den Mut aufbringt, sich eine Kugel durch den Kopf zu jagen; und daß ich entsetzliche Angst vor dem Tode habe, weißt du. Vor allem, weil sein Geheimnis mich lähmt; weil man nicht weiß, was dahinter steckt, was danach kommt, sofern etwas kommt. Erinnerst du dich noch, daß wir darüber eines Abends sprachen? Das war in María la O, du wolltest malen gehen, und ich hielt dich mit einem Kaffee nach dem anderen fest. Dann bliebst du bei mir bis zum Tagesanbruch; du blicktest mich zärtlich an, lächeltest und sprachst weiter, machtest Witze und tischtest mir deine ungereimten, fesselnden Phantasien auf. In jener Nacht waren wir uns darüber einig, daß nach dem Tod das Nichts kommt. Und gerade deshalb müsse man leben: weil das Nichts nichts ist und das Leben etwas ist. Doch diese Schlußfolgerung kam uns allzu einfach vor. Und nach einer Weile fragtest du dich, warum wir Menschen dem Nichts so besessen Widerstand leisten.

Als ich deine Nummer wählte, dachte ich an dies alles und schloß die Augen, weil ich deine sichere, einschmeichelnde Stimme herbeiwünschte. Ich war naiv: Ich vermutete nicht einmal eine Reaktion deinerseits. Keine. Weder eine gute noch eine schlechte. Und ich sprach langsam zu dir, ruhig, ohne Hysterie, so wie es dir gefällt. Aber du behandeltest mich kalt, Mariano, viel zu kalt, und ich wußte, daß das die schlimmste deiner Reaktionen war. Du wolltest mich nicht sehen. Als schämtest du dich. Du und dich schämen, das kam mir unglaublich vor!

Ich bestellte dich ins *Carlos Quinto*, weil ich wußte, daß es dir gefiel wegen der Tangos und wegen des Pianisten, der verhaftet gewesen war und dein Freund wurde, nachdem er dich einmal begleitet hatte, als du *Confesión* sangst.

»Heute abend, um sechs«, sagtest du.

Ich erinnerte mich daran, daß das unsere Stunde war, und ich wurde wie früher aufgeregt. Unsere Stunde, jene, in der im Winter schon die Sonne nicht mehr scheint und Buenos Aires sich verfinstert wie das Denken eines Wahnsinnigen.

Du legtest auf, und ich begann nachzudenken. Quirlos Canto, sagtest du, und lachtest schallend;

Quirlos Canto, und dein Lachen und mein Lachen schlenderten durch die Callao-Straße und die Santa-Fe-Straße, während wir mit unserer so vertrauten, tiefen Freude spielten, die Freude, die an uns haftete wie die Feuchtigkeit dieser Stadt; Quirlos Canto, Mariano, und ich liebte dich innig. Und das mochtest du, ich weiß, daß du es mochtest. Auch wenn du manchmal den Störrischen spieltest und ein gewisses trotziges Aufbegehren in deine Augen trat, wie sehr brauchtest du das Gefühl, geliebt zu werden, mit wieviel Inbrunst batest du mich, deine elende Kindheit in Catamarca zu übergehen, das Fehlen deiner Eltern, die Trostlosigkeit deiner zwölf Jahre, als du in einem Güterzug nach Buenos Aires kamst.

Armer Mariano. Vorher arm, jetzt und immer. Arm durch deine Unfähigkeit, frei und ohne Hemmungen Liebe zu fordern. Und arm durch die Gier, mit der du meine Zärtlichkeit verzehrtest und die du trotzdem aus Schamgefühl zu tarnen suchtest – ja, es tut mir weh, es zu sagen, aber es geschah aus Schamgefühl; du tatest das Unmögliche, um mich davon zu überzeugen, daß es nur Gemütsverfassungen waren: Geldmangel, ein neues Bild, das Experiment mit Kunststoff und Glas, der vergoldete Tonkrug, die Collage der Zigeuner, die Reise nach Europa. Doch nein, sicher hast du es genossen, dich geliebt zu fühlen, und dafür hast du dich geschämt. Deine Vorurteile waren stärker als deine Gefühle und stellten sich zwischen uns.

Du siehst, das befürchtete ich. Ich ahnte, daß wir uns einmal trennen würden, weil dein Schamgefühl stärker war, weil du außerstande warst, dich in einer Stadt durchzusetzen, der dein Drama vom Nichtallein-sein-Können unbekannt war. Du hast nie begriffen, daß es schöne Einsamkeiten gibt. Sich abzusondern, ich sagte es dir mehrmals, ist nicht nur Zuflucht, Ausweichen, große Feigheit; es ist auch Einkehr bei sich selber halten und sich suchen und sich finden. Doch dazu bedarf es des Muts. Um sich kennenzulernen, sich die Mas-ke-vom-Ge-sicht-zu-rei-ßen, Mariano, muß man sehr mutig sein. Du aber, aus Schamgefühl oder aus Unfähigkeit, hast dich wie eine Nacktschnecke von der Langeweile, von der Lüge plattreten lassen, von absurden Leuten, wie sie in Buenos Aires haufenweise herumlaufen. Und wie du sie kritisiert hast, Mariano, obwohl du einer von ihnen warst.

Ich weiß nicht, ob du das endlich begreifen wirst, aber ich mußte dich anrufen. Ich brauchte dich. Manchmal – mit dir war immer alles manchmal – vermißte ich sogar deine Schreie, deine Schläge, deine Beleidigungen. Als hätte ich mich mit dir getarnt. Aus reiner Selbstqual, vermute ich, denn wenn du mich unterwürfig wolltest, gehorchte ich dir, so kühn, so heftig war ich. Freilich, immer nur manchmal. Nichts Sicheres, nichts Beständiges, nichts Eigenes, ausschließlich Meiniges. Und man kann nicht ohne Besitz leben, ohne eigene Dinge, ohne Habseligkeiten, und mögen sie noch so gering sein; und wenn alles auch nur manchmal war, so gab es Male, wo es nicht so war. Versteh mich: Ich hörte langsam auf, ich selbst zu sein. Noch wußte ich, wer ich war. Ein Fremder vielleicht, ein Wesen, das sich im Spiegel betrachtet und sich nicht erkennt.

Für dich war alles bequem gewesen mit mir. Du hattest auf meine Kosten mit dem Vergnügen gespielt, um mir hinterher zu sagen, daß es Weiberart sei, Sicherheit zu verlangen, Beständigkeit, Ausschließlichkeit. Und du wurdest verblendet, grob, brutal. Als hätte ich dich nicht lieben dürfen, als hätte ich nicht das Recht gehabt, dich behalten zu wollen, dich bitten, dich suchen zu wollen, ich weiß nicht, irgendein Recht.

Unaussprechlicher Mariano! Bis zu dieser letzten Verabredung ließest du dich bitten. Natürlich, du wußtest, daß ich auch so auf dich warten würde, alter Kenner meines dumpfen und törichten Masochismus; daß ich die Minuten zählen und ruhelos meine Ticks beherrschen und ein Glas Gin nach dem anderen leeren würde. Immer hast du dich lustig gemacht über meine schlimme Verliebtheit in Ungeduld und Verzweiflung. Wie als du mit Münzplatten auf den Tischtüchern der Bars spieltest und ich dich minutenlang ansah und aus Eifersucht auf diese Automatenmünzen fast wahnsinnig wurde. Du kauftest sie für hundert Pesos und sammeltest zwanzig, dreißig Münzplatten, die unweigerlich in deinen Taschen klimperten. Du verteiltest sie auf dem Tisch und machtest Zweierhäufchen; dann stapeltest du sie zu viert, dann zu acht. Einmal gelang dir eine Sechzehnersäule, ohne sie mit dem Finger stützen zu müssen. »Pisa«, sagtest du, und der Turm neigte sich vor deinem Atem.

Wie wenig kümmerte dich mein Verlangen. Du blicktest mich einfach an.

»Eine U-Bahn-Fahrt«, lasest du. »Verkehrsmittel von Buenos Aires.«

Trotz deiner Verspätung warst du kalt. Und ich sage trotz, weil ich glaubte, das sei ein gutes Zeichen, wie dumm von mir: gutes Zeichen, daß du mit einer

Stunde Verspätung kamst und ich dir bereits vier Gin voraushatte. Welche Idiotie zu vermuten, du hättest dich absichtlich verspätet, weil dir daran lag; zu vermuten, du könntest dir Sorgen um das machen, was ich denken könnte, begierig auf unser Treffen, in der Hoffnung, ich möge nicht fortgehen.

Doch nein, der Herr wußte, daß er drei Tage später kommen könnte und ich, der Trottel, warten würde, als sei nichts geschehen.

Daher tat mir deine Begrüßung weh: »Verzeih, ich konnte nicht eher kommen.«

Nicht eimal die konventionelle Entschuldigung wegen des verspäteten Verkehrsmittels, der Unmöglichkeit, ein Taxi zu bekommen, der eines Anrufs in letzter Minute, des Einfalls, der sofort auf die Leinwand übertragen werden mußte. Und ich kann genausowenig sagen, daß ich dich nicht kannte. Lüge. Du warst es, Mariano, du rundum. Du griffst mich schamlos an, du hast auf meine Art, dich zu lieben, zerbrechlich und aufsässig, gewiß, aber ganz bedingungslos, mit soviel Hingabe, nur geschissen. Du ignoriertest das alles.

Ich haßte dich, ich schwöre es. Mit all meiner verzweifelten Liebe sah ich, daß ich dich haßte, weil ich dich so nötig brauchte.

»Zum letztenmal«, bat ich dich, aber du warst scharfsinnig; du merktest meine Falle, die ich dir stellte, diesen törichten Hinterhalt, damit wir von neuem zusammenkämen.

»Nie mehr. Und Schluß.«

Natürlich. Für dich war das leicht. Alles war immer allzu einfach: allzu verabredet deine Niederlagen; allzu vorausgesehen deine Siege. Du dachtest nicht einmal an das, was ich zu dir sagte: Du eröffnetest mir einfach dies oder jenes. Ich war nicht vorhanden, ich war eine Null, linksaußen.

Nun wußte ich, daß es keine Hoffnung gab, Mariano, endlich begriff ich es. Es wird auch keine Hoffnungen mehr geben. Es wird weder Erinnerung noch Gestern geben. Ich mußte die Wirklichkeit akzeptieren. Ich gab auf.

Doch nur scheinbar. Wir gingen auf die Straße und liefen los, weil ich dir sagte, ich erstickte. Fast kann man sagen, ich ging an deiner Seite wie ein treues, bemitleidenswertes Anhängsel. Ich sah nichts; nicht die Nacht, nicht die Autoscheinwerfer, nicht einmal dich sah ich. Ich war mit einemmal blind, von Verzweiflung geblendet, von Angst und dem höllischen Haß, den ich empfand. Doch vor allem Angst.

Denn in meiner Jackentasche trug ich die Pistole. Ich weiß nicht, warum ich sie mitgenommen hatte, auch nicht wofür noch wie. Du aber sahst sie, Mariano. Und du erschrakst und schriest: »Hurensohn« und ranntest fort. Aber du sahst den Bus nicht, der die Charcas-Straße überquerte, den bunten riesigen Zwölfer, der trotz meines Schreiens nicht mehr bremsen konnte.

Jetzt kann ich nur noch weinen, Mariano. Ich weiß nicht, ob ich dich töten wollte, aber ich schwöre dir: es macht mich rasend, daß ein anderer dich getötet hat.

Freitags faule Süsskartoffeln

Wer keine Phantasie hat, soll sich die
Hand abhacken, soll nicht schreiben.
Juan Filloy

Ich muß gestehen: obwohl dieser Bericht mehrmals mühsam und geduldig umgeschrieben wurde, ist keine der Fassungen zu meiner Befriedigung ausgefallen. Nicht einmal diese. Wie Lindsay E. Caldler sagt, geben wir Schriftsteller uns gelegentlich geschlagen, wir lassen das Unterfangen, weiter zu verbessern, und stellen das Werk vor, wie es ist, vielleicht uneins mit uns selber, enttäuscht, weil wir wissen, wie unerläßlich die allgemeine Kenntnisnahme bestimmter Geschichten durch die Öffentlichkeit ist, die, wiewohl sie phantastisch klingen, es nicht sind. Und wenn es auch nicht meine Gewohnheit ist, Geschehnisse zu erzählen, die auch nur im entferntesten in den Verdacht von Unwirklichkeit gelangen können, so war das, was mir am 18. August vergangenen Jahres zustieß – ich glaube das wirklich –, doch so einschlagend, daß die Niederschrift dieses Berichts (eine beunruhigende Aufgabe, für die ich die letzten zehn Monate verwandte) sich als zwingend erwies, nicht nur, um ein Zeugnis zu hinterlassen, sondern auch, damit die, welche ihn lesen, ihn als Warnung ansehen, denn das Leben – das habe ich gelernt – ist weder ein langer Tag noch eine lange Nacht, auch nicht ein glücklicher oder unglücklicher Traum, sondern ein kleines düsteres und kaum meßbares Weltall, in dem sogar das Unwahrscheinliche möglich sein kann.

Dennoch möchte ich nicht allzu rätselhaft erscheinen. Geheimnisvolle Menschen – auch das behauptet Caldler – leiden, abgesehen von ihrem Geheimnis, immer an schweren inneren Konflikten, die sie nicht beheben können und die sie unrettbar in irgendeine seltene, bekannte oder unbekannte Form des Irrsinns führen. Vielleicht, so denke ich jetzt, ist das mein Schicksal. Jedenfalls möchte ich, sofern ich gerade das durchlebe, was die Juristen »lichte Momente« nennen, mich beeilen und zum Schluß dieser Erzählung kommen, die ich behutsam datieren werde, denn wir befinden uns im Juni, und ich, da ich überdies in ebendiesem Augenblick glaubwürdige Nachrichten empfange, daß die mir verbleibende Zeit knapp ist, den Verdacht hege, daß nur das endgültig ist, was altert, nicht das, was stirbt.

An jenem Freitag, den 18. August, änderte sich mein Leben grundlegend und für immer (sofern es die Ewigkeit gibt, und ich habe Gründe, das anzunehmen). Die behagliche Wärme des Bettes am Morgen aufzugeben war eine grausame, aber unumgängliche Folter, wie die Geburt. Auf dem Weg zum Badezimmer schaute ich auf die Uhr und wußte, daß ich über genau die notwendige Zeit verfügte, um gegen ein Uhr in die Zeitschriftenredaktion zu gelangen. (Ich muß vorausschicken, daß ich damals als Redakteur einer bekannten Wochenzeitschrift von Buenos Aires arbeitete.) Ich war wie so oft nach einem Alptraum erwacht, in dem ein endloses, vernichtendes Ameisenheer mich an einem orangefarbenen Ort in die Enge trieb, mitten in einer Stille, die nur vom Zwitschern eines Kanarienvogels unterbrochen wurde, und meine Schreie hallten verzweifelt geräuschlos wider, während eine nach der anderen über meinen Körper lief; auch wenn ich wußte, daß es sich um einen Traum handelte und daß ich ihn vorher schon mehrmals geträumt hatte, so schmerzten mich die Bisse der Ameisen, versuchte ich eine nutzlose Verteidigung, und zum Schluß rannte ich los, ohnmächtig, und verscheuchte sie mit Hieben. Viele andere Male erwachte ich im Morgengrauen weinend, schweißüberströmt und zerkratzt, im anderen Raum meines kleinen Appartements; doch an diesem Morgen folgte dem Alptraum merkwürdigerweise ein leichter, durchsichtiger und erholsamer Schlaf.

Mir fiel auf, daß das Wasser aus der Dusche nur lauwarm rann. Ich vermutete, daß irgendwelche Rohre des Gebäudes repariert wurden und daß Julio, der Portier, die Kessel abgestellt hatte. Ich ging in die Küche, wärmte den Kaffee vom Vorabend auf, und kehrte rasch zurück, um den Rest warmen Wassers zu nutzen. Als ich mich eingeseift hatte, wurde der Duschregen plötzlich dünn. Ich drehte den Hahn so weit wie möglich auf, erreichte jedoch kein anderes Ergebnis als ein paar verspätete Tropfen – und dann nichts mehr. Es kam mir vor, als habe mich plötzlich ein Schneemensch umarmt, während gleichzeitig aus der Küche das typische Geräusch herüberdrang, wenn der kochende Kaffee über die Ränder der Kanne läuft, der Deckel auf den Boden fällt und die überlaufende Flüssigkeit die Flamme löscht.

Fluchend und befremdet stieg ich aus der Badewanne und merkte erst jetzt, daß das Badetuch zum

Trocknen auf dem Balkon hing. Schlotternd lief ich ins Schlafzimmer, um ein neues zu holen, was sich als unklug erwies, weil ich auf dem Gang ausrutschte und nur der rechtzeitig ausgestreckte Arm verhütete, daß ich mir an der Klinke der Küchentür ein Auge ausschlug. Mit schmerzendem Ellbogen und einem plötzlichen Gefühl von Übelkeit öffnete ich die Truhe, in der ich die Badetücher verwahrte. Es lag keines darin.

Ich erinnerte mich an das Gas und drehte den Hahn zu. Ich betrachtete das trostlose Schauspiel von vergossenem starken Kaffee und der über und über bespritzten Küche, während die Umarmung des Yeti lähmend wirkte; die Seife begann einzutrocknen, und ich kam mir wie ein Kind vor, dem ein vierzehnjähriger Großer in der Schulpause ein Sandwich wegnimmt und beim Verzehren herausfordernd in die Augen blickt. Ich kehrte ins Badezimmer zurück und trocknete mich mit dem Handtuch ab.

»Was ist los mit mir?« fragte ich niemanden, während ich ins Schlafzimmer ging, mich aufs Bett setzte, umherblickte und ahnte, daß mich jeden Augenblick irgend etwas überfallen könnte. Ich war nervös, unbegreiflich schwerfällig, und mir war es klar, daß allmählich Angst in mir wuchs, unbezwingbar, irrational; es war, als habe eine fremde Macht kaum merklich begonnen, Vorgänge und Gegenstände gegen mich aufzuwiegeln. Ich versuchte in aller Ruhe nachzudenken, fühlte mich aber völlig verwirrt; ich schüttelte den Kopf, wie um etliche absurde schreckenerregende Gedanken zu verscheuchen, solche, die uns für gewöhnlich in Augenblicken der Ruhelosigkeit zu bedrängen pflegen, und begann mich rasch und mechanisch anzukleiden. Auch jetzt fehlte es nicht an Widrigkeiten; ich fand nicht eine heile Socke; das einzige Hemd, an dem kein Knopf fehlte, war unrettbar schmutzig, die Schnürsenkel rissen mir, und als ich mich bückte, um meine Mokassins hervorzuholen, platzte eine Hosennaht im Schritt auf. Ich blieb so stehen, mit vorgebeugtem Kopf, während ich in die Dunkelheit unter meinem Bett starrte und mich von neuem zu beruhigen suchte. Langsam richtete ich mich auf, nun auf alles gefaßt, und suchte die Zigaretten auf dem Nachttisch. Sie waren verschwunden, obwohl ich mich daran erinnerte, sie in der vergangenen Nacht dort hingelegt zu haben.

Ernstlich erwog ich die Möglichkeit, bei der Zeitschrift anzurufen und zu sagen, ich sei krank – ich würde den Tag im Bett lesend verbringen –, aber dann fiel mir mein Versprechen ein, am gleichen Nachmittag mit Soriano eine Wiederaufführung von Buster Keatons *Der General* im San Martín anzusehen, und daß der verrückte Serra mich sicherlich in der Redaktion erwartete mit einem schrecklichen Bericht, der in sechs Spalten, vierzehn Zeilen und fünf Anschläge zu übersetzen war.

»Rette mich, Brüderchen, nur du kannst das tun.«

Allen sagte er das gleiche, der Serra.

»Nein, ich werde nicht gehen«, sagte ich mir. »Eines ist der Mief zu Hause und ein anderes, mich darauf einzulassen, daß dieser Freitag eine faule Kartoffel wird.«

Trotzdem ermunterte ich mich zum Ausgehen. So ist es immer: Ich fasse einen Entschluß und tue gleich darauf das Gegenteil. So geht es vielen; hinterher haben sie keine Erklärung, gewiß, doch sie denken nicht lange darüber nach, vielleicht weil man nie lang genug nachdenkt.

Ich mußte anderen Unannehmlichkeiten aus dem Wege gehen, bevor ich auf die Straße treten konnte: Ich hatte meinen Hausschlüssel auf dem Tisch liegenlassen, was mich zwang, Julio um den Zweitschlüssel zu bitten, und Julio aß gerade Mittag und beschwerte sich grob, weil es für ihn ein Sakrileg war, wenn jemand nach zwölf Uhr an seiner Wohnungstür klingelte; dann das ungewöhnliche, seltsame Versagen des Aufzugs, so daß ich die sieben Stockwerke zu Fuß hinuntersteigen mußte. Die Kälte draußen war ziemlich niederschmetternd, und während ich ging, schien mir das Fehlen des Mantels eine echte, verbitternde soziale Ungerechtigkeit. Ich verwünschte mein Gehalt und entschied, daß Leute, die den Journalismus für einen beneidenswerten Beruf halten, unheilbar verrückt sind.

Ich nahm den Vierundneunziger. Wie jeder weiß, befördert diese Linie die wenigsten Fahrgäste von ganz Buenos Aires (eine Art Oase, in der man immer einen freien Sitzplatz findet und sogar bequem eine Zeitung entfalten kann, ohne den gelegentlichen Mitreisenden zu belästigen); doch an diesem Freitag schien sich seltsamerweise alle Welt verabredet zu haben, denselben Vierundneunziger zu besteigen wie ich. Ich will nicht übertreiben, muß aber sagen, daß ich praktisch am Haltegriff hängend reiste, daß eine Greisin mich beschimpfte, weil sie vermutete, ich habe es an Achtung ihr gegenüber fehlen lassen (und obwohl ich mich für was auch immer entschuldigte, regte sie sich noch mehr auf, so daß sie das Mitgefühl des Fahrers gewann, der meinte, ich sei ein widerlicher Penner, und drohte, den Mikrobus zu stoppen, um mir eine Tracht Prügel zu verabreichen, was ihm, seinem Umfang nach zu schließen, ohne große Anstrengung gelungen wäre); daß die Alte mir anschließend einen treffsicheren Stoß in die Rippen versetzte und daß ich, als ich ausstieg, mit knapper Not dem Überfahrenwerden durch einen Laster, der Limonade ausfuhr, entkam, obwohl ich einen heftigen Sturz gegen den Bordstein nicht vermeiden konnte, der – was sich fast von selbst versteht – einen riesigen Riß in meiner Hose verursachte, wodurch meine Unterhose zum Vorschein kam.

Von plötzlicher Traurigkeit befallen, blieb ich an der Ecke stehen, verdeckte verschämt meine Blöße und fühlte, wie Angst mir die Kehle zuschnürte; ich wollte weinen, konnte aber nicht. Jemand hat mir einmal gesagt, daß das passiert, wenn der eigene Stolz unbewußt zuzugeben beginnt, daß die Allmacht nur eine verhüllte Form der Ohnmacht ist; es ist, wie wenn man vierzig Stunden nicht geschlafen hat, nach Hause kommt und sich hinlegt, mit dem festen Entschluß, nie wieder aufzustehen, und genau in diesem Augenblick läutet das Telefon, und eine tausendjährige Tante ruft an, um zu hören, wie es einem geht, und sicherlich weiß man nicht, was Antonito passiert ist und Tante Josefina; und dann, wenn es einem schon gleichgültig ist, ob man grob wird und die Tante gekränkt aufgehängt hat, kommt der Portier und bringt den Brief eines Gläubigers, der einen gerichtlich zu belangen droht; und wenn der Portier fortgeht, läutet es dreimal vertraulich, und es ist der Zimmernachbar, der Weine der Marke *El Marinero* verkauft, schauen Sie, Nachbar, probieren Sie ihn unverbindlich, ich weiß, was ich sage, es ist ein wilder schwerer Wein, und er schwätzt uns eine Korbflasche auf, die wir zahlen, damit der Typ endlich abzieht; und schließlich, wenn man den Telefonhörer abgenommen und sich geschworen hat, nicht an die Tür zu gehen, auch wenn sie eine Hausdurchsuchung vornehmen wollen, bemerkst du das aufsässige Getropf des Badezimmerhahns, das wie das Tamtam einer Kesselpauke dröhnt und uns nie einschlafen lassen wird.

Ich hielt ein Taxi an und ließ mich zurückfahren. Ich habe nicht vor, die Einzelheiten des Zusammenstoßes an der Ecke Santa-Fe-Straße und Canning-Straße zu schildern; ich will nur sagen, daß ich mir den Kopf heftig an der Tür stieß und ein Glassplitterregen mir das Gesicht zerkratzte. Blutend und zugleich wütend verfluchte ich die Unvorsichtigkeit des Fahrers und, erschüttert und außerstande, mich zu beherrschen, rannte ich auf mein Appartementhaus zu. Mit hervorschauender Unterhose und lauthals fluchend muß ich ein aufreizend blutrünstiges Schauspiel abgegeben haben. Ich weiß nicht mehr, was während der letzten fünf Blocks um mich herum vorging. Ich weiß nur noch, daß ich die sieben Stockwerke durch das Treppenhaus erklimmen mußte und mich moralisch gebrochen fühlte und daß ich zwischen dem dritten und vierten Stock stehenblieb und losheulte, bis jemand eine Hand auf meine Schulter legte und fragte, was ist los mit Ihnen, Freund, aber ich rannte weiter aufwärts, stolperte, riß mir eine Lippe auf, ein Zahn wurde locker, ich spuckte reichlich Blut und betrat meine Wohnung, wie von einer Hexe gejagt in einer Hexensabbatnacht, und warf mich mit dem Gesicht nach unten aufs Bett, hoffnungslos wie ein Geliebter von Brigitte Bardot an den Tagen, an denen sie die Regel hat. Ich weiß nicht, wieviel Zeit verstrich, bis Aliana, die Braut des kleinen Mauricio, kam.

Abgesehen davon glaube ich, daß ich eine gute Weile schlief. Ich träumte vom Tod oder dergleichen – oder ich dachte an ihn, sofern ich nicht schlief; es war wie eine zwingende Notwendigkeit, eine Art von privater Sintflut: Ich sah mich von den Wassern eines über seine Ufer getretenen Flusses fortgeschwemmt, ich schwamm flußabwärts, wogend wie die aufgedunsenen Kühe, die sich während der Überschwemmungen von der Strömung forttragen lassen, bis ich an einem blauen Berg vorüberkam, gespickt mit Polizisten, die mich mit Stachelstöcken aufs Korn nahmen, und in diesem Augenblick ging eine Steinlawine auf mich nieder und begrub mich. Ich weiß nicht genau, wie dieser Tod war, doch einer Sache bin ich sicher: Nach dem Traum oder was es sonst sein mochte, begann ich plötzlich fatalistisch zu erwägen, daß mir wenig Zeit verblieb, daß jeden Augenblick schwerwiegende Ereignisse eintreten konnten. Jetzt glaube ich, daß all das eine Warnung war.

An diesem Punkt angelangt, muß ich sagen: Obwohl mir nicht gefällt, was ich schreibe – wie eingangs gesagt –, und mich bislang keine Fassung dieses Berichts zu überzeugen vermocht hat, und vielleicht diese die schwächste ist, wenn man die verschiedenen literarischen Formen in Betracht zieht, die ich verwende, abgesehen von der offensichtlichen und gewissermaßen bedachten Langsamkeit, die ich seinem Ablauf aufzwinge – ist nicht weniger gewiß, daß ich nicht mehr andere Stillagen ausprobieren kann; ich darf keine Zeit mehr verschwenden.

»Hallo«, sagte Aliana und blickte mich vom Gang aus an.

Ich küßte sie auf die Wange, ließ sie eintreten; sie fragte mich nach meinem Befinden, und ich gab ihr Auskunft.

Bedächtig blickte sie umher wie jemand, der an einer Führung durch die Sixtinische Kapelle teilnimmt. Ich wußte, daß ihr mein Appartement gefiel. Einen »lauschigen Winkel« hatte sie es am Tage unserer Bekanntschaft genannt, als der kleine Mauricio sie mit der gleichen Selbstverständlichkeit, mit der er seine Terminkalender unter dem Arm trug, vor fünf Monaten mitbrachte. Aliana und ich hatten unverzüglich eine Art von Geheimkode eingeführt, Ergebnis einer gegenseitigen Anziehung, einer Art stillschweigenden Einverständnisses, das nach einem Dutzend Begegnungen sich nur in flüchtigen Blicken äußerte.

»Auch mir geht es schlecht. Ich habe mich mit Mauricio gestritten. Ich habe ihn satt.«

»Was ist passiert?«

»Ich weiß nicht genau, es ist schwer zu erklären.«

Dennoch tat sie es, wenn ich auch nicht umhin konnte, ihre festen makellos gemeißelten Beine zu betrachten und ihren roten Sweater, der zutage trat, als sie ihren Mantel auszog und der so eng saß, daß ich unfehlbar an ein Paar kleine, runde und harte Euter denken mußte, und ihr Gesicht mit den vollen feuchten Lippen, einem halb unschuldigen, halb sündigen

Blick und der Schnute ständiger Unzufriedenheit –
unpassend für eine Achtzehnjährige –, die mich sehr
erregte. Ich bildete mir ein, mein Los müsse sich
wandeln, denn die Gelegenheit war äußerst günstig:
Sicherlich würde ich ihre Liebesklagen und ihr un-
tröstliches Weinen mit feierlichem Schweigen anhören müssen; und danach würde ich das Unmögliche
tun, um sie zu verstehen und ihr meine Wärme und
Zärtlichkeit zu vermitteln, bis wir uns, ohne zu
wissen, wie uns geschah, schließlich im Bett wieder-
finden würden. Ich dachte an Mauricio, den ich wie
einen kleinen Bruder innigst liebte; die Gewißheit,
daß ich ihn früher oder später hintergehen würde, tat
mir weh (vielleicht hatte ich deshalb nie versucht,
Aliana zu verführen), doch ich mußte zugeben, daß
ich es tun würde, wenn sich die Möglichkeit ergab,
ohne mir deswegen ein graues Haar wachsen zu
lassen.

In gewisser Weise trat das ein, was ich vorausgesehen hatte: Sie weinte an meiner Schulter, ich verstand
sie wie Jesus Christus die Welt, von der Zärtlichkeit
gingen wir kaum merklich zur Leidenschaft über, und
wir umarmten uns mit solcher Inbrunst, als fürchte-
ten wir, vom Planeten abzustürzen. Ich vermute, daß
ich dann die Ungeschicklichkeit beging, zu verlangen, daß der Esel vor der Mohrrübe hermarschiere,
nein, bitte, sagte sie mit ihrer heiseren sinnlichen
Stimme an meinem Ohr, und ich fragte sie, warum,
ich will nicht, laß mich, ich will nicht, wiederholte sie
und löste sich geschickt von mir, während sie mich
mit einem Ausdruck ansah, von dem ich nicht wußte,
ob er Verachtung, Enttäuschung oder Angst ausdrückte. Dann warf sie ihren Mantel über und schlug

die Appartementtür hinter sich zu. Ich sah ihr durch das Guckloch nach und sah sie in dem für sie mit einemmal reparierten Aufzug verschwinden. Ich dachte daran, die Treppe hinunterzustürzen, um sie aufzuhalten, doch in diesem Augenblick läutete das Telefon. Es war Alianas Stimme. Sie sagte mir, sie sei mit Mauricio in La Perla del Once, sie wollten ins Kino gehen und lüden mich ein, mitzukommen.

Wortlos hängte ich auf und riß verzweifelt, wütend die Schnur aus dem Stecker, zog eine Jacke über und verließ, von fürchterlicher Angst geschüttelt, die Wohnung, wetterte gegen die Dunkelheit des Treppenhauses, weil der Aufzug wieder nicht funktionierte, trommelte gegen die Wände, stolperte und stöhnte, ohne mir etwas daraus zu machen, daß ich den Wohnungsschlüssel wieder vergessen hatte, und schwor mir, nicht verrückt zu werden, zum Teufel nein, Scheißfreitag, Faule-Kartoffeln-Freitag.

Draußen schien die Nacht Patagonien entwendet zu sein. Der Wind spielte mit dem Rieselregen, der das Pflaster erglänzen ließ, auf dem das flüchtige Aufleuchten der vorübergleitenden Autoscheinwerfer dahinschlängelte. Ich betrat die schauerliche Bar zwischen der Santa-Fe- und der Serrano-Straße, um einen Kaffee zu trinken und mit jemandem zu telefonieren. Ich mußte es tun, um Hilfe bitten, man möge mich nicht allein lassen. Drei Personen standen Schlange vor dem einzigen funktionierenden Apparat: Ein reifer Mann versicherte, am Sonntag könne man zum Tigre hinausfahren, da das Wetter besser würde, weil er es seiner Frau und den Kindern versprochen hatte; ein junger Mann mit einem von Warzen gespickten Gesicht, die geplatzten Kichererbsen glichen, bestand vergeblich darauf, sie solle mit ihm abends ausgehen, dann entfernte er sich, gelangweilt; die Frau vor mir berichtete dem Arzt fast eine Viertelstunde lang über die Entwicklung der Grippe ihrer Kleinsten. Als ich an die Reihe kam, stellte ich fest, daß ich kein Kleingeld bei mir hatte.

An der Theke schenkte mir das Jüngelchen, das mit nördlichem Akzent redete, einen Kaffee ein und wechselte mir einen Geldschein. Als ich zum Telefon zurückging, stieß ich auf einen Dickwanst, der Wein trank und sich die Hälfte übers Hemd goß. Er beschimpfte mich, während ich mich mit dem Gedanken entfernte, ich sei immer Pazifist gewesen, unfähig, denen, die einen beleidigen, mit gleicher Münze heimzuzahlen, vielleicht aus Feigheit, vielleicht weil ich meine, die Menschen müssen ihre Wut durch Angriffslust loswerden. Das tut ihnen gut.

Sowohl bei Llosa als auch bei Soriano war besetzt. Ich beschloß, an der Tür zu warten, die auf die Santa-Fe-Straße geht, und in den stärker prasselnden Regen zu blicken, auf die vollgestopften Mikrobusse und hinter Garibaldis Standbild auf die düsteren Gebäude der Landwirtschaftskammer. Ich glaubte das Brüllen eines Löwen im Zoo zu hören. Ich schwor mir, wären die Tore geöffnet gewesen, wäre ich eingetreten und hätte mich neben ihn gekauert. Ich dachte an Silvia, an ihre noch so nahe, so schmerzliche Gegenwart, und sah sie in den Armen eines anderen. Ich kam mir vor wie ein Verteidiger, der in letzter Minute in einem klassischen 0:0-Spiel ein Eigentor schießt, und kam zu dem Schluß, Soriano sehen zu müssen, damit wir uns gemeinsam mit Gin betrinken konnten; er würde mir sagen, daß die Blondinen mit blauen Augen als einzige imstande seien, die Welt zu zerstören, ich würde ihm zustimmen, und vielleicht würden wir uns weinend umarmen.

Ich kehrte ans Telefon zurück. Soriano aß gerade eine Pizza.

»Und hinterher gehe ich ins Kino mit der China.«

»Gut, mach dir keine Sorgen.«

»Bist ziemlich angeschissen, oder?«

»Wir sind immer angeschissen, Dicker.«

Dann rief ich bei Llosa an. Er war ausgegangen, man wußte nicht, wann er zurücksein würde. So beschloß ich, ins Zentrum zu gehen, durch die Corrientes-Straße zu laufen und mir hinter den Scheiben all die verrückten Leute im *Politeama*, im *La Paz*, im *Los Suárez* und im *Los Pipos* anzuschauen. Ich kaufte die *Sechste* und bestieg einen Zwölfer, dessen Fahrer aussah, als habe er sich eine halbe Stunde vorher scheiden lassen; er zeigte ein Lächeln wie Doris Day, er hielt liebenswürdige Zwiesprache mit allen, und es fehlte nur noch, daß er jedem Fahrgast Zigaretten angeboten hätte. Ich beneidete ihn einige Sekunden lang, bis mir klar wurde, daß sein Anblick mich in Wirklichkeit deprimierte; ich versuchte mich aufs Lesen zu konzentrieren, doch die Nachrichten kamen mir bekannt vor, als hätte ich sie bereits gelesen: eine Reihe von Attentaten in Córdoba, Tucumán und in Groß-Buenos-Aires, eine Regierungserklärung gegen Gewalttätigkeit, der Aufstieg von sieben Generälen, eine neue Verlautbarung des Alten aus Madrid mit der Versicherung, Ende des Jahres sei er zurück, und all das gewürzt mit Bomben in Ulster, den ewigen Verhandlungen im Mittleren Osten und dem Vorrücken des Vietcong. Ich faltete die Zeitung zusammen, beobachtete den Fahrer und empfand Mitleid mit der Welt. Mehrere Blocks später entdeckte ich, daß das nicht mehr war als eine List, um mein Selbstmitleid zu vergessen.

Eine Weile schlenderte ich aufs Geratewohl dahin, betrat ein Restaurant und aß ohne großen Appetit einen halben Teller Ravioli mit Butter, trank einen Liter Wein, bevor ich den Rückweg antrat, verzweifelt, weil die launenhaft festgeklemmte Zeit nicht verstrich und weil ich, trotz des Schmerzes meiner Rippen, meiner Lippe und meines Zahns, nicht müde war. Unterwegs kehrte ich in drei Bars ein und hörte auf, die Zahl der gekippten Gins zu zählen. Ich benötigte fast eineinhalb Stunden für den Rückweg in die Santa-Fe- und Serrano-Straße, wo der junge Mann mit nördlichem Akzent mir einen großzügigen Schluck Zuckerrohrschnaps ausschenkte. Mittlerweile fühlte ich mich genügend seekrank, um mir einzubilden, ich hätte nur einen schlechten Tag hinter mir.

»Hinterher kehrt alles zur Normalität zurück«, sagte ich mir.

»Die Normalität ist die Scheiße, die wir selber sind«, erwiderte, als hätte ich laut gesprochen, ein Männchen, das an der Bartheke lehnte und gewaltige Anstrengungen unternahm, um seinen Kopf aufrecht zu halten.

Wir kamen ins Gespräch. Ich glaube, wir erkannten uns als hinreichend einsam, um diesen geteilten Augenblick nicht zu überschätzen. Ich sehnte mich nach Unterhaltung, nach Antworten, ich suchte jemanden, der bereit war, mich anzuhören, und dem ich anvertrauen konnte, was mir passiert war (wenngleich

ich es selber nicht genau wußte). Das ist der Nachteil von Unterhaltungen zwischen Betrunkenen: Ein jeder klagt derart über die eigene Bitterkeit, daß er dem anderen nicht zuhört; jeder muß sprechen und will nicht, daß der andere spricht. Zumindest haben sich alle Betrunkenen, die ich kennengelernt habe – mich inbegriffen –, als mitteilsam erwiesen, auch wenn sie es für gewöhnlich nicht waren. Das Männchen und ich, wie leicht einzusehen, fanden sich zu einem Gedankenaustausch bereit – das gelingt durch Alkohol enthemmten Trinkern immer –, und wir tranken bis in den Tagesanbruch hinein. Wenn ich mir meiner Handlungen auch bewußt blieb, ich kann schwören, daß ich mich noch heute frage, in welchem Augenblick ich das Männchen aus den Augen verlor, denn plötzlich war es verschwunden; wir waren zusammen gewesen, und dann war ich allein, einfach so, das Männchen kam mir abhanden, wie einem ein Schirm abhanden kommt, und man weiß nicht, wo; man erinnert sich nur daran, daß man ihn trug, und beim Gedanken daran hält man ihn nicht mehr in der Hand. Sicher ist, daß ich in meine Wohnung zurückkehrte mit dem Gedanken, daß man vierzehn mehr oder minder klare Konzepte im Kopf haben kann, daß man überzeugt sein kann, einige Wahrheiten festgestellt zu haben, und daß es im Leben einige unverrückbare Dinge gibt, doch eine winzige Folge greifbarer Tatsachen, eine bestimmte Bekundung von Realitäten, genügt, damit alles zusammenbricht wie ein Marktflecken, den die Armee dem Erdboden gleichmacht. Als ich schließlich nach Hause kam – vorübergehende Wut Julios, der mir versicherte, er arbeite den ganzen Tag wie ein Tier, so daß es ihm nicht gerechtfertigt erschien, außerdem als Hauswart derer dienen zu müssen, die wie wir ein Lotterleben führten und besoffen nach Hause kämen –, war der Kleine kaum mehr als ein Hinweis auf die armen Teufel, die wir waren, er, ich und alle Bewohner dieser Stadt.

Ich setzte mich auf das Küchenbänkchen, rauchte mehrere Zigaretten; dann aß ich zwei schwarzgewordene Bananen, die ich im Eisschrank fand. Der Kopf tat mir weh, als ob Cassius Clay davon überzeugt gewesen sei, daß ich Feind Nummer eins der schwarzen Moslems sei, und er deshalb mein Gesicht als Punchingball verwendet habe; ich kam mir niederschmetternd einsam und verlassen vor. Ich rülpste kräftig, wischte mir die aus meinem Bart rinnende Spucke ab und versuchte, auf die Füße zu kommen. In diesem Augenblick hörte ich das Seufzen im Schlafzimmer.

Schwankend verließ ich die Küche und ging auf den anderen Raum zu. Aliana lag nackt auf meinem Bett und schlief friedlich. Das war eine der aufregendsten Visionen, die mir im Leben erschienen sind: Ich würde nicht wagen, ihre Brüste zu beschreiben, ihre Hüften und die unvergleichliche Linie ihrer Beine, ohne davor zu warnen, daß meine Schilderung ihrem Gegenstand nicht gerecht zu werden vermöchte.

Am Türpfosten lehnend, blieb ich ungläubig stehen und sah, wie das Schlafzimmer zu kreisen begann, zuerst langsam, dann mit größerer Geschwindigkeit und schließlich in schwindelerregendem Rhythmus, der mich befürchten ließ, Aliana könne in diesem Strudel untergehen. Plötzlich kam mir die Idee, sie könne die von Silvia hinterlassene Leere ausfüllen; einfältig nahm ich an, daß die Liebe eine schlichte Frage von Namen und Stellvertretungen sei. Typisch Betrunkener. Doch die Furcht wuchs, wie das Kreisen des Schlafzimmers, und verzweifelt rannte ich hinter Aliana her, mehrmals stolperte, stürzte, wälzte ich mich auf dem Fußboden, konnte mich aber wieder aufrichten und erreichte sie. Keuchend kletterte ich aufs Bett und umarmte sie. Doch jetzt entdeckte ich die Leere auf dem Leintuch, und Alianas kastanienbraunes, glänzendes Haar verwandelte sich in den Rücken einer dicken, fetten, klebrigen Ratte, die meiner Hand entfloh und beißend zum Gegenangriff überging, während ich entsetzt ins Eßzimmer rannte, aus Leibeskräften schrie und eine zähflüssige Teigmasse erbrach. Riesig, kriegerisch, verfolgte mich die Ratte, bis sie mich in einer Zimmerecke stellte, wo ich sie um Verzeihung zu bitten begann, Verzeihung für das, was gewesen war, doch vergebens, so daß ich nichts anderes tun konnte als die Tür zu öffnen, die auf den Balkon ging und in die eisige Nachtkälte. Eine Sekunde später, der Tatsache bewußt, daß ich auf der Schwelle zwischen Wahnsinn und Verstand schwebte, beschloß ich, mich hinunterzustürzen. Ich erinnere mich nur noch an den Wind, an einen Aufprall und an die genaue, unwiderlegliche Erkenntnis des Todes.

Ich vermag nicht zu erklären, was anschließend geschah; ich sehe nur den Morgen vor mir, an dem ich mit schrecklichen Kopfschmerzen erwachte, die nach langem, kummervollen Weinen, dem ich nicht Einhalt zu gebieten vermochte, aufhörten. Seither habe ich, wie anfangs bemerkt, versucht, diese Geschichte aufzuzeichnen, doch keine Fassung scheint mir wirklich wahrheitsgetreu. Hinzufügen möchte ich indes kurz, daß ich meine Freunde nicht wiedergesehen habe – ich habe sie fraglos nicht angerufen, doch ist mir auch nicht bekannt, daß sie es getan hätten –, ich habe nie wieder etwas von Aliana gehört und habe auch dieses Appartement nie wieder verlassen. Und ich sage, daß diese Fassung meines Berichts sicherlich die letzte ist, denn seit etwa einer Stunde holen vier Peones einer Möbeltransportgesellschaft meine wenigen Möbelstücke ab und erlauben sich dabei niederträchtige Bemerkungen über den Schmutz und die Blutflecken, die überall zu sehen sind. Doch das ist nicht das Schlimmste; was ich ehrlich gesagt unerträglich finde, ist nur, daß sie mich übersehen und mir nicht einmal antworten, wenn ich sie frage, was ich von jetzt ab tun soll.

DIE ZEIGER DER UHR

Ich glaube, wir verlieren die Unsterb-
lichkeit, weil der Widerstand gegen
den Tod sich nicht entwickelt hat;
seine Vervollkommnungen bestehen
auf der ersten, verkümmerten Idee:
den ganzen Körper lebend bewahren
zu wollen. Adolfo Bioy Casares

Aber wenn sie mich doch ruft, sagte er sich.

Er richtete sich auf und kreuzte unter seinem
Körper die Beine. Dabei versuchte er das Getuschel
besser zu hören, das vom Erdgeschoß heraufdrang.

Er schaltete das Licht an und beobachtete das
Nachbarbett. Ein Quintett von Lockenwicklern un-
terschiedlicher Größe verriet den Schlaf seiner Frau,
der unter dem Leintuch rhythmisch ablief. Er hob
eine Zeitschrift vom Fußboden auf und warf sie auf
die Lockenwickler.

»Hör zu, Matilde«, sagte er.

Zusammenzuckend tauchte die Frau unter dem
Leintuch hervor. Sie blickte ihn wütend an.

»Hörst du nicht, daß sie mich von unten ruft?«

»Du bist wohl verrückt.«

»Im Ernst, Matilde. Es ist die Zigeunerin. Sie ruft
mich.«

»Jede Nacht dasselbe«, sagte sie, drehte ihm den
Rücken zu und deckte sich zu. *Vollkommen durchge-*
dreht, und den muß ich aushalten...

Seit Monaten erwachte Doktor Isaac Magallanes
jede Nacht schweißgebadet, mit jagendem Herz-
schlag, bedrängt von seinen sich wiederholenden
aufsässigen Träumen, in denen sich von neuem die

Überschwemmungen ereigneten, die die Stadt in der letzten Zeit heimgesucht hatten; sie rissen sein Haus fort und schleppten ihn als Schiffbrüchigen mit, an den Bordrand des Kanus geklammert, in das sich sein Bett verwandelt hatte, während an irgendeiner Stelle seines Traums das rohe Gelächter jener Zigeunerin schwach zu hören war. Er verspürte einen unerbittlichen Drang zu urinieren, doch er beherrschte den Blasendruck mit unbändigem Trotz und tauchte wieder in den Traum, der sich fortlaufend wiederholte, bis er jenen Punkt erreichte, an dem man weder schlafen noch wach sein will und das Wachen nur noch eine wehrlos erduldete Folter ist. Dann rief er Matilde, die ihn auf verschiedene, durchweg aggressive Art ignorierte. Schließlich stand er auf, verärgert, furchtsam, und ging ins Badezimmer, wo er das Licht einschaltete und sich lange angestrengt im Spiegel betrachtete. Mit Mühe erkannte er sich in diesem dicken, von Falten gefurchten, erhitzten Gesicht wieder, erkannte diese Augen, die nie ganz geöffnet schienen, jedoch eine kalte, blutunterlaufene, trockene Trübheit durchscheinen ließen, diesen Kopf, bedeckt von einem Gemisch aus blonden und grauen Haaren, die sich wie feinste Kupferdrähte, die in den Kabeln der Nachttischlampen kreisen und sich eigensinnig zur Decke, zum Himmel recken, als suchten sie dort vergebens Rettung. Schließlich nahm Doktor Magallanes diese qualvolle Folter hin: seinen Lebenslauf zu seinem Verdruß zu rekapitulieren.

»Wieder ruft sie mich«, murmelte er und verbot sich zu schluchzen. »Matilde, ich sage dir doch, sie ruft mich...«

Die Frau sagte nichts, bewegte sich auch nicht, und Magallanes fühlte sich einsamer denn je (oder wie immer, weil die Einsamkeit wie ein Mikroklima war, das ihn verfolgte, soweit er zurückdenken konnte, ein natürlicher Zustand, der seine beruflichen Erfolge begleitete, seine Privilegien und seinen gesellschaftlichen Aufstieg). Mit leichter mechanischer Bewegung setzte er die Füße auf den Boden und flüsterte, ich kann nicht mehr, ich kann nicht mehr, Scheißzigeunerin, und erinnerte sich daran, daß jede Nacht das gleiche geschah: Er erwachte und hörte diese unverwechselbare männliche Stimme der fettleibigen Zigeunerin, die ihn in jenem zweitrangigen Zirkus vor einem Monat angesprochen hatte und die jetzt von dem geräumigen Eßzimmer im Erdgeschoß her nach ihm rief.

Dann dachte er, das Erwachen würde ihm eine gewisse Erleichterung verschaffen. Er blickte umher, murmelte, mein Gott, und stand auf, eingehüllt in sein weites Leinennachthemd. Er ging langsam und nahm alle Regungen seines Schmerzes wahr, von diesem bereits unerträglichen Rheuma verursacht, der seine Glieder in Aufruhr versetzte, stellte fest, daß im Nachbarbett seine Frau friedlich schlief, lief durch den Hausflur, steckte den Kopf in das Schlafzimmer seiner Söhne, dieser beiden Jungen, die niemals zu wachsen aufzuhören schienen, und schloß sich schließlich im Badezimmer ein, in diesen gewissermaßen neutralen Ort, wo ihm der Spiegel Rückblicke auf sein Leben entgegenwarf.

Das löste in ihm etwas wie jenes Unbehagen aus, das man fühlt, wenn man fremde Schuld teilt oder wenn man sich der Unverantwortlichkeit überläßt und gewisse unheilvolle Taten erzählt, ohne ihre Urheberschaft zuzugeben, so daß sie von einem dritten Unbekannten verübt zu sein scheinen. Und er sah sich selber, vor vierzig Jahren, als er ein eifriger Student war, ein glänzender zukünftiger Anwalt, der in Santa Fe ein Prüfungsfach nach dem anderen bestand. Und dann, bald nach der Promotion, seine Übersiedlung nach Resistencia; der Versuch, die juristische Laufbahn einzuschlagen, die sich lediglich auf die Abfassung einiger Urteile beschränkte, die sofort vom amtierenden Richter unterschrieben wurden, der zwischen einem und dem nächsten Mate alle seine Meinungen guthieß; der Mangel an Ködern für das sonntägliche Fischen bereitete diesem größere Sorgen als der Arbeitsablauf im »Sekretariat des Herrn Dr. Magallanes«, wie er diesen viereinhalb auf vier Meter großen Raum mit unberechenbar hohem Dach nannte, in dem zwei Schreibtische standen, ein Schrank, eine alte Remington, ein Briefmarkenkästchen und ein Kocher mit dem stets angemessen heißen Wasserkessel. Darüber hinaus beobachtete er gleichfalls schmerzlich seine Ehe mit Matilde, der einzigen Tochter eines der ehrwürdigsten liberalen Führer der Provinz Corrientes, die ihm rund fünfzehn Jahre lang keine Kinder geschenkt hatte (er vermutete, aus Trotz oder aus Rache für jene belanglose Liebschaft, die sie nach ihrer Rückkehr aus den in Europa verbrachten Flitterwochen, Geschenk des correntinischen Patriarchen, entdeckt hatte) und die ihn mittlerweile stillschweigend haßte, ihn links liegen ließ und in aller Öffentlichkeit nach Kräften beschimpfte, ihrer Macht gewiß, die sie in ihrer Eigenschaft als Erbin auf ihn ausübte. Er sah auch seine verlorene Liebe zu Gladys, jenem jungen Geschöpf, das eines schönen Tages aus Resistencia verschwand, weil sie es leid war, keinen Platz in seinem Leben einnehmen zu können; und er sah die Feste im Gesellschaftsklub und die Modeschauen und die endlosen Arbeitstage in seiner Anwaltskanzlei, vor ihm Dutzende von Akten, die ihn völlig kalt ließen, die aber gute Einkünfte bedeuteten, während er sich zunehmend desinteressierter und illusionsloser fühlte. All das sah er im Spiegel.

Einige Male im Verlauf jenes Monats hatte er versucht, mit seiner Frau über diese seine Empfindungen zu sprechen. Matilde hörte ihm mit schlaffem, ausdruckslosem Gesicht zu; dabei blickte sie ihn verlogen an und dachte höchstwahrscheinlich an ihre künftige Festrobe oder an einen bevorstehenden Tee- und-Canasta-Nachmittag; sie musterte ihn mit einem Anflug von Ungläubigkeit, bis ihm klar wurde, daß sein Bericht zumindest ungelegen kam und für sie außerdem bedeutungslos war. Fortan haßte er sie auf sanfte, leidenschaftslose Weise und sagte sich, er sei mit einer Art klapperdürren Stute verheiratet, mit so was Ähnlichem wie der Rosinante in Picassos Radierung, die er in einem Kalender gesehen hatte, armer Picasso, wechselte das Gesprächsthema und fand rasch eine Entschuldigung, um sich zurückzuziehen.

Doch in dieser Nacht hatte er den Ruf jenseits – oder diesseits – des Traumes vernommen. Ja, und noch immer konnte er das Echo hören. Daher hatte er Matilde geweckt, daher wollte er nicht ins Bad flüchten. Denn diesmal war der drängende Ruf unüberhörbar, zum Teufel, ich bin nicht wahnsinnig, sagte er sich, wenn sie mich sogar bei meinem Namen ruft.

Er machte zwei Schritte bis zum anderen Bett und schüttelte den schlaffen, knochigen Körper seiner Frau.

Sie drehte sich um und starrte ihm wütend in die Augen.

»Du Idiot!« schrie sie ihn an. »Hoffnungsloser Irrer!«

Magallanes sah sie mit seinem alten entsagungsvollen, jetzt nicht mehr furchtlosen Haß an und stöhnte: »Es ist die Zigeunerin. Matilde, hilf mir...«

»Laß mich schlafen, ja! Du Verrückter!«

»Du willst die Realität nicht sehen, Matilde. Wer wirr im Kopf ist, bist du. Du läßt mich allein und...«

»Schluß jetzt.«

Und sie drehte sich wieder um und deckte sich bis zu ihren Lockenwicklern zu.

Magallanes beobachtete sie noch etliche Sekunden, bis er hörte, daß die Stimme aus dem Eßzimmer ihn noch einmal rief. Nun beschloß er, hinunterzugehen.

Er tat es langsam, behutsam. Ohne zurückzublicken, schaltete er im Vorbeigehen jeden Lichtschalter an und hielt sich am Treppengeländer fest. Auf dem Treppenabsatz blieb er stehen. Ihm schien, als brenne im Eßzimmer Licht. Er schwor sich, daß er vor dem Schlafengehen alle Lichter gelöscht hatte, Scheiße, er hatte es doch mit dieser selben Hand getan, und er bückte sich, um besser sehen zu können. Ein Wirbel aus roten, gelben, grünen und blauen Rockfalten glitt flüchtig über den Fußboden. Der Sturz des Türbogens, der das Eßzimmer mit der kleinen Eingangshalle am Fuß der Treppe verband, hinderte ihn daran, den Oberkörper und den Kopf der Zigeunerin zu sehen.

Nun erinnerte er sich tief beeindruckt an jenen Abend vor einem Monat, an dem Matilde plötzlich Lust verspürt hatte, diesen Lumpenzirkus anzusehen, der zum erstenmal in die Stadt kam, weil »eine Zirkusnacht einfach poppig ist«, so hatte sie es begründet, ohne zu merken, was für einen heillosen Schwachsinn sie plapperte. Ohne Widerworte sagte er zu, und so gingen sie allein, ohne die Söhne, und der Zirkus entpuppte sich als ein trostloser Aufmarsch von ausgehungerten, reizlosen Possenreißern, unterernährten und ebenso ruhm- wie gefahrlosen Raubtieren, wenig einfallsreichen Jongleuren und einem Paar doppeltittiger Amazonen, wie er sich ausdrückte, entzückt über seinen eigenen Erfindungsreichtum, während er dachte, daß der einzige Grund, den er hatte, an diesem Abend dazusein, die Gratiskarten waren, weil er dem Impresario mittels eines zweckmäßigen und einträglichen Telefongesprächs die Zahlung bestimmter Landkreissteuern erspart hatte. Während der Vorstellung trat eine massige Zigeunerin mit prallrunden Brüsten, die von einem Korsett trotzig gestützt wurden, und einem weiten Glockenrock in grellem Rot, Gelb, Grün und Blau, der über die Tribünenstufen zu schleifen schien, vor die Loge, in der sie saßen, und sagte entschlossen: »Du bist am Ende, Isaac« – sie sagte es mit stockheiserer Altstimme, in der ein unverwechselbarer galicischer Tonfall mitschwang – »und dein Widerstand ist töricht. Die Zeiger deiner Uhr laufen bereits links herum.« Er blickte sie mit dem gleichen nachsichtigen Lächeln an, mit dem er die Vorstellung verfolgte, und zwei Stunden später, wieder zu Hause, fragte er Matilde, was sie von den sonderbaren Worten der

Zigeunerin halte. Doch sie maß ihn nur von oben bis unten, geringschätzig, und fragte ihn, von was für einer Zigeunerin sprichst du, wieso, was für eine Zigeunerin, brauste er auf, die vom Zirkus, oder waren wir nicht im Zirkus, du und ich, und sie blickte ihn nur an, machte dann kehrt, verschwand in der Küche und sagte, er sei verrückt, rettungslos verrückt, durchgedreht, während er ihr nachblickte und das gleiche dachte, hysterische Alte, kann ich nur sagen.

Er seufzte und sagte: »Wer ist da?«

Doch nur die Stille antwortete. Er bekam Angst. Er dachte daran, zurückzuweichen, wieder in sein Schlafzimmer zu gehen, abermals den Schlaf zu suchen oder Matilde zu wecken, warum eigentlich nicht, oder die Jungen, sie zu bitten, mit ihm hinunterzugehen, ihn nicht allein zu lassen, einmal in seinem Leben wollte er nicht allein sein. Gleich darauf wußte er, daß er unfähig sein würde, zurückzugehen. Die Zeiger seiner Uhr liefen nach links, das hatte die Zigeunerin gesagt.

Rasch, entschlossen stieg er die letzten Stufen hinunter und ging auf das Eßzimmer zu. Die Zigeunerin saß an der Stirnseite des rechteckigen Eßtisches, ihre gewaltigen Brüste schienen bequem darauf zu ruhen. Sie hielt den Kopf gesenkt, ihre Gesichtszüge waren nicht zu erkennen. Ihr Haar war schwarz, wirr, schmutzig und regte sich wie vom Wind zerzaust, obgleich kein Windzug zu spüren war.

»Setzen Sie sich, Isaac«, sagte sie.

Magallanes gehorchte. Er ließ sich an einer Längsseite des Tisches neben der Stehlampe nieder. Plötzlich fühlte er sich erblinden, wollte aber lieber nicht den Platz wechseln.

»Was wollen Sie?« fragte er.

»Ich komme Sie holen«, sagte die Zigeunerin, und erst jetzt fiel Magallanes ihre Stimme auf: Die Stimme klang tiefer als in der Zirkusnacht, kälter, metallischer, schärfer, unwahrscheinlicher.

»Um wohin zu gehen?«

»In ein besseres Leben. In die Unsterblichkeit.«

»Das ist ein Gemeinplatz«, gab Magallanes, plötzlich gelangweilt, zurück und besann sich auf eine Unzahl von Zwiegesprächen mit dem Tod (in diesem Augenblick vermutete er zu seiner Beklemmung, daß er zu dessen Gesprächspartner auserwählt war), die er im Kino erlebt hatte. Und Ingmar Bergmans Schachspiel vermengte sich mit dem echt kreolischen Truco-Spiel Leonardo Favios und mit Fellinis Höllen und der anderen tellurischen Hölle, gleichfalls von Favio, in der er wieder einmal Alba Mujica bewundert hatte; auch erinnerte er sich plötzlich an den *Faust* von Goethe und den von Anastasio El Pollo, die er sich flüchtig, er wußte nicht warum, zusammen mit dem schrecklichen Tier aus dem *Riesigen Federkissen* von Horacio Quiroga vorstellte und mit den Statuetten von Sankt Tod, die in Corrientes verkauft werden, den Radierungen von José Guadalupe Posada und dem Mord an Emiliano Zapata durch die Hand des Verräters Oberst Guajardo, und er fühlte sich zur Herausforderung angestachelt.

»Wer sind Sie, und was tun Sie in meinem Haus, Señora?«

»Nennen Sie mich nicht Señora.«

»Schön, denn eben Señor.«

»Auch das nicht.«

Magallanes schnaubte ärgerlich.

»Ich bin nicht bereit, Ihre Anwesenheit, gleich

unter welchen Umständen, zu dulden. Sagen Sie, was Sie wirklich wollen, oder ziehen Sie sich zurück. Widrigenfalls werde ich –«

»Seien Sie nicht blöd, Isaac. Keine prahlerischen Drohungen mir gegenüber, bitte.«

»Wollen Sie mich einschüchtern?« fragte Magallanes mit zunehmender Würde, mit einem nie geübten Hochmut, er, der von Natur ein Unterhändler war, ein geschickter, aalglatter Provinzadvokat mit geringen Wahlerfolgen auf dem Gebiet der Lokalpolitik, aber ein ausgezeichneter Pfleger von Beziehungen.

»Genug der Worte«, sagte die Zigeunerin mit ihrer männlich trockenen Stimme. »Ich möchte, daß Sie mir diese eidesstattliche Erklärung unterschreiben.«

»Worum handelt es sich?« fragte Magallanes, plötzlich interessiert.

»Um Ihre Irrtümer. Um all das Verkehrte, das Sie gelebt haben. Es ist eine Erklärung, in der Sie ausdrücklich alles, was Sie getan haben, bereuen, dieses dumme Klammern an materielle Güter, den leichtfertigen Wunsch, Ihren Körper dadurch zu bewahren und das Gewissen zu betäuben und damit und deswegen die Unsterblichkeit zu verlieren.«

Magallanes antwortete nicht. Er blieb still und bemühte sich, die Gesichtszüge seiner Gesprächspartnerin zu ergründen. Er konnte beobachten, kannte sich mit Menschen aus und wußte, wie man sie entlarvt, wie man ihre Hintergedanken errät, wie man sie mit einem auf die Gerichtsverhandlungsfallen geeichten steinernen Amtsblick einschüchtert. Er verwünschte das Licht, das ihn blendete. Er dachte sich ein paar aggressive Antworten aus, nahm aber davon Abstand, sie auszusprechen. Er fragte sich, ob er seine Vergehen bereute, und fühlte Furcht in sich aufsteigen. Diese Sache mit der verlorenen Unsterblichkeit war wirklich ein Tiefschlag gewesen.

»Und was, wenn ich unterzeichne?«

»Wie gesagt: der Übergang zu einem besseren Leben, zur Ewigkeit.«

Die Antwort verursachte ihm eine gewisse Angst. Er fühlte sich geschlagen: Mit dem Tod spielt man nicht, hatte er irgendwann einmal gehört oder gelesen, noch ein Gemeinplatz, der ihm jetzt weise, grausam, endgültig vorkam. Er wurde ganz steif, bereit, bis zum letzten Augenblick Widerstand zu leisten, wenn er sich auch fragte, was das mit dem letzten Augenblick auf sich habe, dem letzten Augenblick wovon, um dann was zu beginnen, dieses bessere Leben war nur eine Leerformel, diese verlorene Ewigkeit nur ein Tiefschlag.

»Wer will schon seine Ewigkeit?« fragte er, sich aufraffend.

Die Zigeunerin schlug mit der Faust auf den Tisch und schrie: »Genug! Das geht mir zu weit, ich habe es satt! Unterzeichnen Sie hier!«

Magallanes empfand eine tiefe Befriedigung. Immer gelang es ihm, seine Gegner umzustimmen.

»Ich unterzeichne nichts!«

»Das werden Sie bereuen. Das wird Sie teuer zu stehen kommen.«

»Mag sein. Aber ich unterzeichne nicht.«

»Sie vergeben sich eine einzigartige Gelegenheit. Ich werde Sie auf grausame Art töten, ich werde Sie leiden lassen! Unterzeichnen Sie!«

»Ruhig Blut, regen Sie sich nicht auf. Ich denke nicht daran, es zu tun.«

»Gut denn.« Plötzlich beruhigte sich die Zigeunerin. »Aber ich sage Ihnen: Das einzig Ewige, was Sie auf diesem Weg erreichen, ist meine Rache.«

Magallanes stand auf.

»Sind Sie fertig?«

Stillschweigend und mit erstaunlicher Schnelligkeit schritt die Zigeunerin zur Haustür und schloß sie hinter sich.

Magallanes sank im Stuhl zusammen, erschöpft, und wußte, daß dieser einzige Augenblick der Würde – war er würdevoll gewesen? – sein ganzes Leben aufwog. Er dachte an Matilde, an die Jungen, an Hunderte, Tausende der in seiner Kanzlei gestapelten Aktenbündel, er versuchte sich an das Gesicht der Zigeunerin zu erinnern und konnte sich nur das verschwommene Antlitz seiner vor über einem halben Jahrhundert verstorbenen Eltern vorstellen. Er versuchte aufzustehen, vermochte es aber nicht; und er erkannte die Unermeßlichkeit der einbrechenden Nacht, er dachte, daß es ihn einen Dreck scherte, ob die Uhrzeiger in die eine oder in die andere Richtung liefen, und blieb sitzen, bis er durch das auf den Garten gehende Fenster den Morgen grauen sah, während die ersten früh erwachten Sperlinge den neuen Tag mit ihrem Gesang überschwemmten.

Und dort fanden sie ihn, Stunden später, als Matilde angesichts des Bildes, das sich ihr im Eßzimmer bot, entsetzt aufschrie: Doktor Isaac Magallanes saß auf demselben Stuhl, tot, den Kopf auf den Tisch gelegt, ohne äußere Wunden, jedoch von ausgespienem Blut umgeben. Neben ihm lag ein unbeschriebenes Blatt Papier.

Das wahrhaft Schreckliche aber war, daß der ältere

seiner Söhne das lärmende Ticktack der Uhr im geräumigen Eßzimmer hörte und feststellte, daß der Sekundenzeiger unerbittlich und rhythmisch nach links lief. Schreckgepeinigt stürzte er sich auf ihn, um ihn anzuhalten und ihn zu zerstören, und in diesem Augenblick zerfiel der Körper seines Vaters mit einem häßlichen, metallischen Ton, wie dem einer alten Kinderrassel, endgültig, während Matilde, von einer Sekunde zur anderen wahnsinnig geworden, entmenschlicht, in ein widerwärtiges, männliches Gelächter ausbrach, wie man es nie zuvor von ihr gehört hatte.

WIE DIE VÖGEL

Für Gustavo Sáinz

Oft, wenn man sich anschickt, eine Geschichte zu schreiben, verspürt man plötzlich den unwiderstehlichen Wunsch, etwas anderes zu tun. Es ist wie ein Drang, der einen treibt, die Tätigkeit zu wechseln, auch wenn man in Wirklichkeit nur fühlt, daß die erforderliche Anstrengung in diesem Augenblick die eigenen Fähigkeiten übersteigt. Als ich vor Tagen über dieses Thema mit einem jungen, talentierten, mexikanisch-amerikanischen Schriftsteller, Jesús Emilio Galindo Fuentes, sprach, sagte dieser, er habe eine Methode entwickelt, um sich über seine Gedanken zu erheben – so drückte er sich aus –, mittels deren er wie von einem Aussichtsturm aus die Erzählung von oben betrachten könne, so daß ihm danach nur die einfache Aufgabe bliebe, das Gesehene zu schildern. Nun erläuterte ich ihm eine Schwierigkeit, mit der ich mich seit etwa einem Jahr herumschlug: die Unmöglichkeit, gewisse Ideen in Form einer Erzählung darzulegen, Ideen, die mich bei der Lektüre des Originals der *Offiziellen Geschichte des Waldräubertums im Südosten Brasiliens* befallen hatten, eine gelehrte Chronik, die eine Forschergruppe der Universität Rio Grande do Sul unter der Leitung und Koordination von Agustín Melho Silveyra erarbeitet hatte. Ein Teil dieses aus drei umfangreichen maschinengeschriebenen Bänden bestehenden Werks behandelt das Leben eines legendären Anführers aus dem Staate Minas Gerais, dessen Charaktermerkmale meines Erachtens mit denen der beiden bereits klassischen Gestalten der südamerikanischen Literatur übereinstimmen: mit Azevedo Bandeira, dem schlauen Schmuggler, der dem jungen, ehrgeizigen Benjamín Otálora in *Der Tote* (einer Erzählung aus *El Aleph*) von Jorge Luis Borges eine ausweglose Falle stellt, und Zé Bebelo, dem Gegen-Protagonisten in João Guimarães Rosas Roman *Grande Sertão: Veredas*. Meine Annahme war – und ist –, daß die drei Individuen ein und dieselbe Person sind.

Die angeborene Dummheit lateinamerikanischer Verleger – ich beschränke mich auf diese, weil es die einzigen sind, die ich kenne – hat die Geschichtsschreibung und die Literatur um einen grundlegenden Beitrag gebracht, denn die bereits erwähnte *Offizielle Geschichte* ist noch immer unveröffentlicht. Da ich das Glück hatte, sie ein paar Wochen lang durchblättern zu können, werde ich versuchen, diese Chronik hier zusammenzufassen, selbst wenn ich bekennen muß, daß ich mich im Augenblick außerstande fühle, eine Erzählung zu schreiben, welche die Vorstellung vermittelt, daß Azevedo Bandeira und der charismatische Jagunço-Häuptling Zé Bebelo keine von Borges und Guimarães Rosa erfundenen Romanfiguren, sondern lediglich verschiedene Aspekte aus dem Leben eines und desselben Anführers sind. Ich vermute nämlich, daß beide Erzähler Zugang zu den von Melho Silveyra erarbeiteten Forschungsberichten gehabt haben.

Im Jahre 1833 wurde in einem kleinen, schmutzigen Weiler namens Conceição da Virgem (meines Erachtens gibt es diesen Ort, der im Staate Maranhão gelegen sein dürfte, nicht mehr) Luiz Lima geboren, Sohn eines Portugiesen und einer Zamba-stämmigen Wäscherin. So gut wie nichts weiß man von seinen ersten Lebensjahren, außer daß er die Grundbegriffe des Lesens und Schreibens erlernte, daß er das Reiten liebte, daß er von klein auf ein ausgezeichneter Jäger und Schütze war und daß er bei seinem Erscheinen in Villa del Carmen de la Confusión im Staat Minas Gerais von zwei Dingen besessen war: dem Kampf und dem Wunsch, der Dürftigkeit seines Namens abzuhelfen.

Der erste Wahn wird sein Leben bestimmen – wie man im Verlauf dieses Berichts erfährt –, während der zweite leicht zu befriedigen war, als Luiz Lima den Namen José Rebelo Adro Antúnes (alias Zé Bebelo) annahm und sich eine glaubwürdige Biographie zulegte: Er sagte, sein Ururgroßvater sei der Kavalleriehauptmann Francisco Vizéu Antúnes gewesen, und er versicherte, ehelicher Sohn des José Ribamar Pacheco Antúnes und der María Deolinda Rebelo zu sein, ein vermutlich außer in seiner Phantasie nicht existierendes Ehepaar. Ebenso behauptete er, in der »üppigen Kleinstadt Carmen de la Confusión« geboren zu sein – Rioboldos Bericht zufolge, dem Erzähler in Guimarães Rosas Roman, der ihn in seiner Einführung als Jagunço zum Sekretär Zé Bebelos ernannte.

Man weiß nicht genau, wie er sich für die Politik zu interessieren begann, sicher ist – und das belegt eine handschriftliche Erläuterung Melho Silveyras –, daß dieser Zé Bebelo seine erste Jagunçobande um 1862 bildet, im Dienste eines konservativen Großgrundbesitzers namens Jorgelinho Neto Dos Reis. Er befeh-

ligt einen Trupp von dreißig Straßenräubern und
nennt dem Vernehmen nach sogar eine Kanone sein
eigen, die er von den kaiserlichen Truppen bei einem
Zusammenstoß im Hohlweg Paredón erbeutet hat.
Seine Männer nennen ihn liebevoll »Bester Papa«.
Seine Abenteuer erzählt man sich – fraglos verherr-
licht – auf den gesamten *Campos Gerais*. Seine Persönlichkeit schildert Riobaldo sehr gut in Guimarães
Rosas Fassung: »Er wollte alles wissen, über alles
verfügen, alles vermögen, alles ändern. Er stand nicht
still. Sicherlich war er schon so geboren, nicht ganz
bei Verstand, stolz, ein Wirrkopf. Er glaubte, der
ehrlichste aller Menschen zu sein, oder der verdamm-
teste... Zé Bebelo war klug und tapfer. Ein Mann
versteht sich in alles einzuschleichen, nur nicht in die
Klugheit und Tapferkeit. Und Zé Bebelo erjagte sie
im Flug. Kam ein Draufgänger, Kreole aus der Za-
gaia, mit einer Empfehlung. ›Dein Schatten zwickt
mich, Juazeiro‹, begrüßte Zé Bebelo ihn mit seiner
Spürnase. Und ließ den Kerl fesseln und ihn mit dem
Riemen auspeitschen. In der Tat gestand der Mann, er
sei vorsätzlich mit verräterischen Absichten gekommen, zu einem heimtückischen Unternehmen. Zé
Bebelo hielt ihm seine Mauser ans Kraushaar: ein
Knall, der zerfetzte, seine Hirnschale flog weit und
nah. Die Leute stimmten das Rinderlied an.«
   Über ein Jahrzehnt ist er militärischer Herrscher in
Minas Gerais, bis er im Jahre 1874 auf den Wegen vom
Schönen Bach in einer Schlacht, in der sich über
zwölfhundert Reiter gegenüberstehen, unterliegt.
Sein Bezwinger ist ein selbsternannter Hauptmann –
in Wirklichkeit auch ein Jagunço –, Kurt Carbalho-
Frías. Melho Silveyra vermutet, dieser Beiname sei

erdichtet: »Es dürfte sich um einen deutschen Söldner handeln – notiert er in einer Randbemerkung –, der vorher im Krieg der Dreifach-Allianz ein paraguayisches Bataillon befehligte und den der argentinische General Bartolomé Mitre 1871 begnadigte, worauf er in Brasilien als Jagunçoanführer auftauchte.«

In João Guimarães Rosas Roman wird dieser Mann von Riobaldo mit dem Namen Joca Ramiro identifiziert – es gibt keinen Hinweis auf seine deutsche Herkunft – und als Mensch von außergewöhnlichem Wissen dargestellt. Im Verlauf der Gerichtsverhandlung, der er gleich nach seiner Niederlage unterworfen wird, verhält sich Zé Bebelo mit bewunderungswürdigem Mut.

Riobaldo bezeugt diese seine Worte: »Aber ich bekenne mich weder schuldig, noch mache ich einen Rückzieher, weil ich mir eines zur Regel gemacht habe: Was ich getan habe, war zur gegebenen Zeit richtig. Ich benötigte diesen Prozeß, nur um zu sehen, daß ich keine Angst habe.. Wenn das Urteil hart ausfallen sollte, wird mein Mut mich stützen. Sollte ich einen Freispruch erlangen, will ich euch mit meinem Mut danken. Um Gnade werde ich nicht bitten: Denn wer darum bittet, mit heiler Haut davonzukommen, verdient ein halbes Leben und einen doppelten Tod.«

Just auf Drängen Riobaldos – der ihn verteidigt – wird Lima nicht erschossen. Ich vermute, Carbalho-Frías wird sich in diesem Augenblick an die Begnadigung durch Mitre erinnert haben. Er fragt einfach seinen Besiegten, ob er den Urteilsspruch anerkennt und ob er ein Mann des Worts ist: Die Antwort ist bejahend. Also wird Luiz Lima zu dreißig Jahren

Verbannung in den Staat Goiás verurteilt, »bis sich niemand an Sie erinnert, weil Sie dann alt und müde sein werden«, wie Carbalho-Frías bestimmt, der auch befiehlt, ihm ein frisches Pferd zu überlassen, einen Karabiner, Kugeln und Proviant für eine Woche.

Verschlagen und waghalsig, leistet der Verurteilte seine Strafe nicht ab. Etliche Jahre später taucht er von neuem auf, nicht wissend, daß Kurt Carbalho-Frías tot ist und daß Riobaldo seine Nachfolge angetreten hat. Sie begegnen einander an einer Wegkreuzung, umarmen sich, tauschen Erinnerungen aus – zu anderen Zeiten, als sie gerne vertraulich über Frauen sprachen, über Pferde, über Waffen und Kriegskunst, pflegte Zé Bebelo seinem Exsekretär Beinamen wie Feuersalamander, Blindgänger, Starker Blick und Affenfresser zu geben – und verzehren sogar gemeinsam ein von einem Jagunço erlegtes Gürteltier. Nach einem reichen Tag, angefüllt mit erheiternden und dramatischen Anekdoten, begreift Lima, daß er sich zurückziehen muß, weil unter Jagunços keine zwei Hauptleute gestattet sind. »Von heute an muß ich schwarze Aasgeier anführen«, rechtfertigt er sich. »Ich kann nicht Dritter sein und auch nicht Zweiter. Mein Ruhm als Jagunço hat sein Ende erreicht.« Da sie sich immer geliebt und geachtet haben, umarmen sich beide Männer abermals in feierlichem Schweigen und vermuten vielleicht, daß dies die einzige Art und Weise ist, einen Zusammenstoß zu vermeiden. In irgendeinem Augenblick schreibt Lima einen kurzen Brief – der Wortlaut, in seiner gleichen wirren Abfassung und erbärmlichen Grammatik, steht in der *Offiziellen Geschichte* –, in dem er Riobaldo Gefolgschaft schwört, den er »Die weiße Schlange« nennt (»Du bist schrecklicher als sie«, schreibt er). Das Billett endet mit folgenden Worten: »Ich, der ich dein Vorgesetzter war, sage heute Chef zu dir. Ich gehe entschädigt, weil ich weiß, daß der Krieg in guten Händen ist. Ein Krieg in schlechten Händen ist, und das garantiere ich dir, wie eine vom Regen verzogene Gitarre. Denk daran, Freund Feuersalamander, was ich jetzt bekräftige und was mir ein alter Weiser bestätigt hat: daß alles, was einen Aufstieg hat, auch einen Abstieg hat.«

Bald darauf zieht Zé Bebelo südwärts, vielleicht denkt er an seine frühere Abreise, gleich nach dem erwähnten Gerichtsurteil. Er reitet auf einem Maulesel mit gebeugtem Rücken, als habe eine unendliche, unerklärliche Traurigkeit sich seiner bemächtigt. Man schreibt das Jahr 1879.

Einige Zeit danach taucht er im Staat Rio Grande do Sul wieder auf, diesmal unter dem Namen Adhemir Campos Azevedo. Er hat sich mit einigen Pferdedieben zusammengetan, die an den Ufern des Uruguay-Flusses und in der argentinischen Provinz Corrientes ihr Unwesen treiben. Gegen Ende des Jahres 1880 begibt er sich an die Grenze, treibt Viehschmuggel und führt seine eigene Bande an. Auf den letzten beiden Seiten von *Grande Sertão: Veredas* erwähnt Guimarães Rosa ein Wiedersehen mit Zé Bebelo »in der Nähe von San Gonzalo de Abaeté, im Hafen Vögelchen«, wie er sagt, und beschreibt ihn als reichlich verändert, in einen wohlhabenden, ehrenhaften Kaufmann verwandelt, der »Goldstaub« verdient, weil er »mit Vieh handelt«. Er versichert, daß er von Sertão nichts mehr wissen will, daß er daran denkt, in die Hauptstadt der Republik überzusiedeln, zu studieren und Anwalt zu werden und sogar seine Kriegserlebnisse niederzuschreiben, um in den Zeitungen abgebildet zu werden und neuen Ruhm zu erwerben. Fraglos ein echter Romanschluß.

Doch die wahre Geschichte Luiz Limas – nunmehr in der Haut des Adhemir Campos Azevedo – ist eine andere: Im Städtchen Alegrete wird er ernstlich herzkrank, vielleicht geschwächt durch seine Abenteuerreisen und zahlreichen Erschütterungen. Man erfährt, daß er sich später in der Gesellschaft von etwa fünfzehn seiner Männer auf einem Kleingut in der Nähe von Uruguayana niederläßt; neben dem Viehraub widmet er sich der Aufgabe, jede Art von Schmuggelware aus der Gegend um Paso de los Libres in Argentinien unter seine Oberhoheit zu bringen und überdies ein von ihm eröffnetes Bordell zu verwalten – es heißt »Der Orient« –, das hochberühmt werden wird. Vermutlich hat er dort seine achte Frau kennengelernt, eine Uruguayerin namens María Juana Bermúdez, dreißig Jahre jünger als er, rothaarig und gertenschlank mit hohen harten Hüften, die er am 14. Oktober 1883 vor dem Richter Jacinto Gil de Saravia heiratet – den gleichfalls in Melho Silveyras Chronik wiedergegebenen Akten zufolge.

Wiewohl über fünfzig Jahre alt, ist sein Leben keineswegs beendet. In weniger als zwei Jahren, von seinem Leiden geheilt, wird er zum bedeutendsten Schmuggler im Nordgebiet des Cuareim-Flusses. Er kleidet sich gerne elegant nach europäischer Mode (es heißt, er lasse seine Anzüge von den besten Schneidern von Buenos Aires und Montevideo anmessen) und gestattet sich sogar, den Gesellschaftsklub der

Stadt Salto zu gründen, den er jeden Monat einmal betritt.

An diesem Punkt von Luiz Limas Biographie muß an eine Episode erinnert werden, die Melho Silveyra erwähnt: Eines Abends, anläßlich eines uruguayischen Nationalfeiertags – vielleicht des 25. August –, nimmt sich ein junger Leutnant des uruguayischen Heeres in betrunkenem Zustand Freiheiten gegenüber María Juana heraus. Von dem Tisch aus, an dem er Poker spielt, läßt Lima den Offizier herbeizitieren. Lächelnd, honigsüß bleibt dieser vor ihm stehen und fragt ihn herausfordernd, was er von ihm wolle. In aller Ruhe versichert ihm Lima, er habe etwas für ihn, doch da es sich um etwas sehr Unangenehmes handle, werde er es ihm nicht geben, sofern er aufhöre, seine Frau zu belästigen. Der Offizier lacht schallend, mit Stentorstimme. Nun greift Lima mit der Rechten an seinen Bauch, zieht einen Revolver aus dem Gürtel und gibt einen einzigen Schuß ab, der den Mund des Unglücklichen trifft und sein Gelächter zum Verstummen bringt. Während der junge Militär umfällt, verdoppelt Lima seelenruhig seine Wette, ohne einen Blick in seine Karten geworfen zu haben.

Am nächsten Tag raten ihm seine Statthalter, Salto zu verlassen. Also reist er mit seiner Frau in einem Ruderschiff auf dem Rio de la Plata in die Stadt Colonia del Sacramento. Von dort aus wird er seine Geschäfte leiten und legt die Verwaltung in Ulpiano Suárez' Hände, ein durch und durch vertrauenswürdiger Riograndenser, der den größten Teil seines Lebens in Tacuarembó verbracht hat, ihm blind ergeben ist und seine Interessen mit bemerkenswerter Tüchtigkeit wahrnimmt.

Die Jahre vergehen, und 1891 kreuzt seinen Weg ein junger, anmaßender, sympathischer Mensch, der ihm bei einer Rauferei in einer zweitklassigen Kneipe das Leben rettet. Er ist Argentinier aus Buenos Aires und soeben in Colonia eingetroffen. Es handelt sich um den Benjamín Otálora, den Borges in seiner Erzählung meisterhaft schildert. Dieser Teil der Geschichte ist vollkommen wahr mit Ausnahme des Namens von Lima, der sich nunmehr Adhemir Campos Azevedo nennt, den Borges aber in seiner Fiktion Azevedo Bandeira tauft. Auch unterläßt dieser Autor es zu erwähnen, daß die Empfehlung, die Otálora mitbringt, von einem alten brasilianischen Freund des Schmuggelhauptmanns stammt, und vielleicht irrt er, wenn er versichert, daß der junge Mann diesen Brief zerreißt. In Wirklichkeit muß er ihn vorgezeigt und nach einer Befragung bestätigt haben, daß die Empfehlung richtig war. Sonst wäre es kaum glaubhaft, daß ein scharfsinniger und mißtrauischer Mensch wie Luiz Lima einen jungen Heißsporn in seine Bande aufnahm, ohne Fragen zu stellen.

Der junge Bursche, ein typischer Porteño, hochmütig, anmaßend, verbirgt hinter seinem bescheidenen Auftreten uneingestandenen Ehrgeiz, der dem schlauen Schmuggler nicht entgeht, welcher sofort merkt, daß der Grünschnabel sein Begehren tarnt, ihm seine drei Werte abzujagen – wie Borges sagt: die rothaarige Frau, ein gleichfarbiges Pferd und seine einträglichen Geschäfte. Ein weiteres Jahr vergeht, und 1892 ist Lima bereits alt, und seine Gesundheit macht ihm wieder zu schaffen. Er ist grauhaarig, faltig, es fehlt ihm Kraft, und es scheint, als ob sein Herz nicht mehr lange mitmache. Trotzdem lebt er

weiter. In der letzten Nacht des Jahres 1894 bricht die
Tragödie aus, die Borges so denkwürdig in *Der Tote*
beschreibt: Lima, über Benjamín Otáloras Trachten
aufgeklärt, hat sich von diesem in die Ecke drücken
lassen, und dieser ist als Liebhaber und Patron an seine
Stelle getreten. Er hatte ihm gestattet, Liebe, Macht
und Triumph auszukosten. Nun läßt er ihn durch
Ulpiano Suárez umbringen.

Wie man sieht, haben beide Fiktionen – die von
Guimarães Rosa und die von Borges – einen fraglos
geschichtlichen Hintergrund. Ich weiß nicht, warum
diese beiden Erzähler das Ende von Luiz Limas Le-
bensbeschreibung auslassen, das doch so interessant
und mit seinem außergewöhnlichen, gewalttätigen
Abenteuerleben so gut übereinstimmt. Bei dem Argentinier würde es sogar stimmig erscheinen, weil er
mit seinem fabelhaft trennscharfen Stil stets Teilan-
sichten wählt, um die Wirklichkeit zu beschreiben.
Worauf ich es bei dem brasilianischen Verfasser zu-
rückführen soll, weiß ich nicht.

Sicher ist, daß das Leben des Luiz Lima an einem
Abend des Jahres 1901 endete, als er, bereits zurückgezogen, von den Einkünften lebte, die ein Landgut
einbrachte, das er im Süden der Stadt Santa María in
Rio Grande do Sul erworben hatte und auf dem er sich
der Niederschrift seiner Memoiren widmete. Zwischen sechs und sieben Uhr abends stellte sich dem
Verwalter ein Greis vor, der zwischen sechzig und
achtzig Jahre alt sein mochte, verbraucht, welk, mit
pergamentartiger Gesichtshaut und zittrigen Hand-
gelenken. Vor Lima geführt (noch immer ließ er sich
Adhemir Campos Azevedo nennen, forderte jedoch
die Anrede »Señor«), glaubte dieser ihn nach einem

Blick in des Alten Augen zu erkennen. Niemand weiß, ob dieses Erkennen Gewißheit oder nur Vermutung war, weil der Alte mit einem Revolver, den er aus seinem Anzug gezogen hatte, auf ihn zielte, ohne ihm Zeit für die geringste Bewegung zu lassen, und sagte, das einzige, was er ihm nicht verzeihen könne, sei der Mord an seinem Sohn Benjamín. Er fügte hinzu, immer gäbe es genug Zeit für Rache, weil die Rache komme und gehe wie die Vögel, und tatsächlich habe alles Aufstieg und Abstieg, worauf er die Waffe leerschoß.

Ich zweifle nicht daran, daß Borges wie auch Guimarães Rosa diese Geschichte kannten, auch wenn ich, wie gesagt, nicht die Gründe kenne, weshalb beide sie ausließen. Trotz meiner Feststellungen und des mit Galindo Fuentes geführten Gesprächs vermute ich für meinen Teil, daß ich mit diesem Material nie eine Geschichte schreiben könnte. Ich wollte diese Einzelheiten hier gerafft anführen, damit jemand sie eines Tages verwerten kann, sofern der Einfall ihm zusagt. Und natürlich wird er wissen müssen, daß der kleine Alte, der Luiz Lima oder Zé Bebelo oder Azevedo Bandeira oder Adhemir Campos Azevedo den Tod gab, niemand anderes war als Riobaldo Otálora Da Silva.

Die Spazierfahrt des Andrés López

Infolge der Geschwindigkeit, mit welcher der Expreßaufzug abfuhr, fühlte Andrés López von seinen Füßen durchdringende Kälte hochsteigen; ihm schien, als hätte er den Magen im Hals, die Hände am Kopf und den Kopf viel weiter oben, als wäre er im einundzwanzigsten Stockwerk hängengeblieben, während sein Körper abstürzte.

Auf dem Gehsteig empfing ihn eine perlmuttfarbene Abenddämmerung, die ihn an die Champs-Elysées im Herbst erinnerte. Die hohen Gebäude, die hinter den Bäumen der Avenida aufragten, stachen gegen den blutrot brennenden Abendhimmel ab, der die Welt umdüsterte, während die wenigen hastigen Fußgänger fröstelnd auf den fünfzigjährigen Pflastersteinen dahineilten. Er sog die reine Luft ein, rasch war er mit dem Abend vertraut (wie immer zu dieser Stunde, wenn er die Klinik verließ), und fast eingebildet, ein altes Liedchen trällernd, schritt er auf seinen Wagen zu.

Er öffnete die Tür, setzte sich rein, und während er den Motor anließ, beobachtete er durch den Rückspiegel, wie aus einem nahen Gebäude blitzschnell drei Gestalten heraustraten, deren Gesichter er erkannte; auch sah er vor dem zurückliegenden Häuserblock einen grünen Falcon mit vier Insassen, ordnungsgemäß geparkt. Ein Kälteschauer überlief ihn, er sah das rote Licht verlöschen, das anzeigte, daß der Motor warmgelaufen war, und in diesem Augenblick entdeckte er die schwarze Mündung eines dünnen, und mittellangen Laufs vor seinem linken Auge.

»Weg da«, befahl eine Stimme. Andrés López rutschte schwerfällig, mechanisch auf den rechten Sitz. »Mach die hinteren Türen auf.«

Er gehorchte. Zwei Gestalten von jugendlichem Aussehen stiegen ein: Einer war brünett, untersetzt, mickrig und so nervös, daß sein Gesicht wegen der vielen Ticks wie eine Leuchtreklame wirkte; der andere, ein knochiger Blonder, massig wie ein Mack-Lastwagen, stellte eine wie einstudierte, unablässig verwunderte Miene zur Schau und bewegte sich mühsam. Beide lächelten ihm zu, während der Wagen anfuhr, gesteuert von dem ersten Individuum. Langsam fuhren sie bis zur Straßenecke, um dort ostwärts abzubiegen.

Der mit den Ticks zielte mit einer schwarzschimmernden, anscheinend nagelneuen Fünfundvierziger auf ihn.

»Bleib ganz ruhig, Dok«, sagte der Blonde mit sanfter Stimme. »Heute kommst du ein bißchen später nach Hause, weil's mir nicht besonders gut geht. Ich habe starke Schmerzen, und die Jungs meinen, meine Wunde eitert. Ich will, daß du mich behandelst, und dann sehen wir uns nie wieder.«

Andrés López konnte kaum die Nerven bewahren. Er beobachtete den Fahrer, ein Typ mit gewöhnlichem, ungeprägtem Gesicht, der in einem schwarzen Anzug und etwas Puder auf den Wangenknochen als Anführer eines Leichenzugs durchgegangen wäre, und er spürte, daß er eine Gänsehaut bekam. Mit höchster Anstrengung gelang es ihm, sich ergeben zu beruhigen, und er sagte: »Ist gut.« Langsam, ohne verdächtige Bewegungen, wandte er den Kopf, um nach hinten zu sehen. »Zeigen Sie mir die Wunde...«

Der Blonde zog die Jacke aus, hob den Sweater hoch und knöpfte alle Hemdknöpfe auf, so daß sein mächtiger, behaarter, von den Brustwarzen bis zum Gürtel mit einem dicken blutbefleckten Kreuzverband umwickelter Oberkörper sichtbar wurde.

»Erlauben Sie«, sagte Andrés López, nachdem er behutsam eine Schere aus seinem Köfferchen geholt hatte.

Während er die Wunde reinigte, erst weißen Puder darauf streute und sie dann dick mit Jodtinktur bestrich, erinnerte er sich daran, daß die drei Typen ihn genau vor acht Tagen aufgesucht hatten. Unbequem auf der hinteren Bank sitzend, hatte er bei jener Gelegenheit unter erbärmlichen hygienischen Bedingungen eine Achtunddreißiger-Kaliber-Kugel aus den Rippen des Mack entfernt (der nur schwitzte, ohne einen Laut der Klage von sich zu geben), inmitten beklemmenden Stillschweigens der zwei anderen und der drohenden Eile, welche die Fünfundvierziger des Laffen mit den Ticks nahelegte, dessen Kopf auf seinem Hals in kleinen Zuckungen Schlittschuh zu laufen schien. Nach einer endlos langen, erschöpfenden Stunde Arbeit hatte man ihm bedeutet, man würde sich wiedersehen, damit er die Wundbehandlung fortsetze; währenddessen, sofern ihm seine Familie lieb sei, habe er vollkommenes Schweigen zu bewahren und sich wie üblich zu verhalten, stets sein Köfferchen im Wagen mitzuführen und selbstverständlich nicht die Polizei zu benachrichtigen. Dann waren sie an der nördlichen Küstenstraße hinter dem Flughafen ausgestiegen und in einen blauen Torino ohne Nummernschild geflohen, der auf sie zu warten schien, und hatten sich mit Höchstgeschwindigkeit entfernt.

Während er die Behandlung beendete, sagte er sich, er habe fraglos gute Arbeit geleistet, da die Wunde, wenn auch entzündet und violett verfärbt, keine Infektion aufwies. Während er einen neuen, leichteren und lockereren Verband anlegte, verspürte er Rückenschmerzen. Er machte es sich auf seinem Sitz bequem und bemerkte, daß man gemächlich durch die Pampa-Straße in Richtung Küstenstraße fuhr.

»Sie müssen weiter aufpassen«, betonte er. »Einen Arzt aufzusuchen ist jedoch nicht nötig. Innerhalb einer Woche etwa können Sie den Verband abnehmen, streichen Sie weiterhin Jod darauf und schützen Sie die Wunde durch Gazestreifen und Leukoplast. Und nehmen Sie die Antibiotika, die ich Ihnen kürzlich verschrieben habe, noch eine weitere Woche. Das ist alles.«

Der Mack blickte ihn mit einem Lächeln an.

»Hast's gut gemacht, Dok«, sagte er und wandte sich zum Fahrer: »Fahr geradeaus weiter und bieg dann in die Salguero-Straße ein. Es ist wohl noch zu früh.«

Andrés López atmete tief ein, fuhr sich mit der Hand über das Haar und blickte durch die Scheibe. Aus dem Augenwinkel beobachtete er den Riesenkerl, dem die Abenddämmerung das Gesicht entzweischnitt und die eine Hälfte überraschenderweise vergoldete. Der merkte es und verbreitete sein Lächeln.

»Wieviel staubst du so monatlich ab?«

»Genug, aber weniger, als ihr glaubt.«

»Ärzte verdienen doch Geld wie Heu. Du nicht?«

»Nein, ich habe eine kranke Mutter. Krebs. Dazu Frau und vier Kinder. Für meine Alte habe ich bereits einen Batzen Geld ausgegeben. Außerdem zahle ich das Haus ab und den Wagen. Ein Arzt verdient gut, ja, aber ich habe zu viele Verpflichtungen.«

»Und deine Kinder?«

»Gehen zur Schule. Sind noch klein.«

»Und deine Frau?«

»Lebt bei meiner Mutter.«

Weitere Fragen stellten sie nicht. Andrés López nahm sich vor, nur noch gefragt zu reden. Er wollte seine Antworten vorsichtig bemessen und kein unnötiges Wort sagen.

Sie gelangten in die Salguero-Straße und bogen in den Kreisverkehr, ordneten sich in Richtung Universitätsstadt ein; der eisige Wind drang durch die Ritzen der Fenster, und Andrés López spürte, wie eine Seite seines Gesichts vereiste und jede Empfindung verlor. Sein Herz schlug heftig, stürmisch wie jedesmal, wenn ein Strafstoß zugunsten von Racing ausgeführt wurde. Als hätten sie seine Ängstlichkeit bemerkt, boten sie ihm eine Zigarette an, die er annahm, und die vier begannen zu rauchen. Dann stellte er fest, daß sie langsamer fuhren, und dachte, schließlich habe er keinen Grund zur Besorgnis, es handelte sich einfach um eine Spazierfahrt, ein anderer fuhr, und er konnte den auf den breiten Fluß gleitenden Widerschein der Küstenstraße genießen oder auf der anderen Seite die Bäume, die sich mit den einfallenden Schatten der Nacht vermischten.

»Deine Alte liegt also im Sterben«, bemerkte der

am Steuer. »Hätten wir das gewußt, wir hätten dich nicht belästigt. Aber gut benommen hast du dich.«

Der vergebungheischende Tonfall kränkte ihn.

»Ich sagte, das letzte Mal hast du nicht gemuckst«, lächelte der mit der Fünfundvierziger und schüttelte leidenschaftlich den Kopf.

»Richtig«, bekräftigte der Mack. »Die Leute begreifen nicht, daß Widerstand alles nur schlimmer macht, man wird nervös, und schon ballert man los. Umbringen ist kein Vergnügen.«

Wieder verstummten sie. In Nuñez drehten sie wieder um, als es fast Nacht war und über den Himmel ein weißlicher Bogen wie ein großer Heiligenschein strich, der die gesamte Stadt überzog. Und der Mack fügte hinzu:

»Sag jedenfalls deiner Familie, wenn sie einmal gekescht wird, soll sie keinen Widerstand leisten. Die Bullen und wir, alle sind immer halb fickerig, und in einem Fall wie diesem . . . Man weiß nie.«

Verblüfft fragte sich Andrés López, wie solch ein Umgang, eine so ungereimte Unterhaltung mit den drei Individuen zustande kommen konnte, die nicht eben wie Großmäuler wirkten und ihn über Erstarrung und Bestürzung neugierig machten.

»Warum haben Sie mich denn ›gekescht‹?«

»Zufall«, sagte der Mack. »Aber du wirst verstehen, daß wir keine Taschendiebe sind und einen Arzt brauchten und einen gewieften suchten. Drum fiel die Wahl auf dich.«

Der mit der Fünfundvierziger warf leise etwas hin. Der Mack nickte.

»Hör zu, Dok«, sagte der mit den Ticks lächelnd.

»Wir wollen dich für deine Bemühungen bezahlen, verstehst du? Zweihundert Riesen und meine Taschenzwiebel, einverstanden? Mehr Zaster haben wir nicht dabei, verstehst du?«

»Aber«, hörte sich Andrés López verblüfft sagen und weigerte sich einzusehen, daß die Spielregeln einmal nicht eingehalten werden konnten, und war außerstande zuzugeben, daß es andere Regeln als die seinen geben könne.

»Ja, behalte das Zeug«, bekräftigte der Mack und reichte ihm ein kleines Bündel Zehntausenderscheine und in sie eingewickelt eine schwere goldene Taschenuhr über die Schulter.

Dann drehte er mit einem Finger die Pistole seines Genossen zur Seite; der steckte sie in den Gürtel, während er zwinkerte, als sei er Susana Giménez im Männerklo des Lunaparks begegnet.

»Deine Alte ist krank, und du hast eine zahlreiche Familie«, fügte er hinzu. »Außerdem siehst du aus wie ein anständiger Kerl, hast dich sauber benommen und wirst es weiterhin tun. Was ich immer sage, das hier ist ein Scheißland.«

Andrés López verbot sich zu lächeln. Der andere fuhr fort: »Klar, hier wollen alle ruhig arbeiten, sonntags Mate im Sommerhäuschen trinken. Doch leisten können es sich nur die Betuchten und die Mafiosi, was schließlich und endlich dasselbe ist. So daß alles eine Frage der Hoden ist: Der, der begreift, daß es nicht lohnt, sich für einen Scheißlohn abzurackern, hat zwei Auswege: Entweder er findet sich damit ab, oder er läuft auf unsere Seite über.«

»Welche?«

»Geschäfte, Dok, Geschäfte.«

Sie fuhren an zwei Polizeistreifen vorüber, die ihre Sirenen aufheulen ließen.

»Hurensöhne«, erklärte der Mack.

»Sie suchen uns«, erklärte der Fahrer. »Ein Kommissar hat uns verpfiffen.«

»Wer?«

»Ein Kommissar, ein Bulle. Viele Bullen arbeiten für uns. Für Kies tanzt der Affe, Dok. Aber dieser Scheißkerl hat uns verkauft.«

Die Polizeistreife fuhr in die Hafenzone ein.

»Und was werden Sie tun?« wagte er zu fragen.

»Wir werden unsere Spazierfahrt gleich beenden, keine Sorge.«

Andrés López hatte das Gefühl, daß seine Eingeweide sich verknoteten.

»Brauchst du noch mehr Zaster?« fragte der Mack.

»Wie bitte...? Nein, nein...« Er fühlte plötzlich unaufhaltsamen Brechreiz.

»Hier, spiel nicht den Hosenscheißer. Einen halben Prügel. Das ist eine Leihgabe. Wir können sie dir morgen zusenden. Hast dich prima gehalten, Alter.«

»Nein, bitte nicht, ich...«

»Na schön, wie du willst«, sagte der Fahrer und trat auf die Bremse. »Hier steigen wir aus, und du hältst die Klappe, wie?«

Der Wagen hielt vor dem *Carrito* 56 auf der gegen den Fluß durch eine Brüstung abgeschirmten Uferpromenade. Der Geruch der ersten gerösteten Rindskutteln durchtränkte die Nachtluft, die schwer auf Buenos Aires niedersank, als die drei Typen rasch ausstiegen und den Motor laufen ließen.

»Tschau, Dok, und Dank für alles«, sagten sie und

liefen auf den blauen Torino zu, der zehn Meter weiter vorne geparkt stand.

In diesem Augenblick leuchtete ein Schweinwerfer neben einem vor dem Restaurant parkenden Kleinlaster auf und strahlte das Trio an. Mehrere Maschinengewehrsalven fegten durch sie hindurch, während ein Dutzend Zivilpolizisten auf sie zurannten.

»Nicht den Dok«, konnte noch eine Stimme brüllen, die Andrés López als die des Mack identifizierte, bevor ihn ein letzter Schuß zum Verstummen brachte.

Die Polizisten traten auf die Leichen der drei armen Teufel zu. Aus einem grünen Falcon stieg ein fetter, untersetzter, brünetter Mann mit einer Pistole in der Hand; er trat auf den Mack zu, blickte ihn ein paar Sekunden an, zielte auf seinen Kopf und drückte ab. Dann steckte er die Waffe in den Gürtel, erteilte ein paar Befehle und schritt langsam, selbstgefällig, gelangweilt auf Andrés López' Fahrzeug zu.

»Saubere Arbeit, Doktor«, begrüßte er ihn und streckte ihm die Hand entgegen.

Andrés López antwortete nicht. Den Blick auf die drei nebeneinander auf dem Pflaster ausgestreckten Leichen gerichtet, erbrach er sich.

DAS INTERVIEW

Für den Kahlkopf Schmuhe,
mit Zuneigung.
Und für Claudia Bodek.

Gestern nacht träumte ich, eine nordamerikanische Zeitschrift habe mich mit der Durchführung und Abfassung eines Interviews mit Jorge Luis Borges beauftragt. Der Traum war beunruhigend, obwohl mir Borges seit Jahren vertraut ist. Nicht nur wegen seiner ungewöhnlichen Langlebigkeit, die alle Welt verwundert, sondern weil meine Kenntnis seines Werks aus längst vergangenen Tagen des vorigen Jahrhunderts stammt, als ich noch meinen Beruf als Journalist ausübte.

Seit damals verfolge ich aus der Nähe das Leben des von mir so sehr bewunderten außergewöhnlichen Alten, den ich, versteht sich, ebensosehr verabscheue. Denn – das muß ich sagen – es ist unzulässig, daß dieser fast hundertdreißigjährige Mensch, mitten im einundzwanzigsten Jahrhundert, am Vorabend des Weihnachtsfestes 2028, noch immer am Leben ist, hinter seiner endgültigen Blindheit verschanzt, von seinen eigenen Lügen und Bedürfnissen überzeugt und genauso eingebildet wie vor fünfzig Jahren.

In dem erwähnten Traum beauftragte mich ein Herausgeber mit honigsüßer Stimme, mit Froschaugen und Pausbacken, die aussahen, als seien sie aus allzu hastig modelliertem Papiermaché, mit einem Interview, für das er mir einen Scheck über eine verlockende, wiewohl nicht genau bestimmte Geldsumme samt Flugschein nach Buenos Aires anbot.

Ich fühlte mich aus mehreren Gründen belästigt. Erstens, weil ich mich jedes Mal aufrege, wenn sich eine Möglichkeit bietet, in mein Geburtsland zurückzukehren. Zweitens, weil sich die Gelegenheit zur Wiederaufnahme einer Tätigkeit ergab – der des Interviewers –, die mir während einer bestimmten Zeit zum Überleben nützlich gewesen war, von der ich aber nicht weiß, ob sie mir noch Ansehen einbringen kann, jetzt, da ich alt bin, zurückgezogen und mit dieser Gastritis lebe, die mich abends zur Verzweiflung treibt. Und jeder weiß, daß wir Greise eitel sind. Vor allem die alten Journalisten. Drittens, weil ich nicht wußte, ob ich wirklich Lust hatte, Borges wiederzusehen.

Wenn meine Erinnerung mich nicht trügt, lernte ich ihn 1970 oder 1971 kennen, und zwar in einem Restaurant in der Calle Paraguay, zwischen Maipú und Florida, an dessen Namen ich mich nicht erinnere, auch wenn ich noch rot-weiß-karierte Tischtücher vor mir sehe, Flaschen mit Wein aus Mendoza auf hellen Holzborden an den Wänden und, ich glaube, von der Decke hängende saftige Bergschinken. Ich aß mit drei Redakteuren einer kurzlebigen Wochenzeitschrift aus Buenos Aires, die *Graphische Woche* hieß, und plötzlich entdeckten wir, daß am Nebentisch in einer Ecke des engen Raums, am Gang zu den Toiletten unauffällig eingezwängt, Borges mit einem jungen Mädchen beim Essen saß. Sie war blutjung, etwa zwanzig Jahre alt, und trug langes, schwarzes, weiches Haar, das von meinem Sitzplatz aus gesehen ihr Gesicht halb verdeckte.

Es geschah nichts weiter; aber mir blieb im Gedächtnis haften, wie dieses personifizierte Monstrum, dieses Standbild aus Fleisch und Blut, siebzigjährig und welk, seine toten Augen auf das Mädchen heftete, mit diesem eisigen, schreckenerregenden Blick der Fische, die sich in den Laderäumen der Frachtschiffe stapeln. Er hatte sich soeben von seiner einzigen herbstlichen Gemahlin scheiden lassen, und als Journalisten stellten wir vier Tischgenossen die verschiedensten Mutmaßungen über Treulosigkeiten und späte Leidenschaften des greisen Erzählers an.

Meine zweite Begegnung mit Borges fand wenige Jahre später statt, bevor ich Buenos Aires verließ, als 1976 die lange Nacht über das Land hereinbrach. Es war in einer Zweigstelle des Banco de Galicia gegenüber der Plaza San Martín, die zufällig im Häuserblock des Restaurants lag, dem Ort unseres ersten Zusammentreffens. Ich stellte mich in die Schlange, um Geld abzuheben, vielleicht um eine Rechnung zu bezahlen, regte mich über den alten Mann auf, der mir mit aufreizender Langsamkeit und unvergleichlicher Schwerfälligkeit vorausging. Er trug einen makellosen, strengen marineblauen Anzug, weißes Hemd mit gestärktem Kragen und eine Krawatte in verschiedenen Blau- und Bordeauxtönen. Er stützte sich auf einen Stock, und an der anderen Seite führte ihn ein junger Mann am Arm, der über Gebühr mit seinem berühmten Begleiter prahlte. Ich kann die genaue Summe nicht nennen, erinnere mich aber, daß mich der von dem Greis abgehobene Betrag (der etwa einem Dutzend meiner damaligen Monatsgehälter entsprechen mochte) stärker beeindruckte als die Erkenntnis, daß der Greis Borges war.

Zu jener Zeit war es in Buenos Aires Mode, Anekdoten über ihn zu erzählen, ihm die Hand geschüttelt, oder einige Worte mit dem »Maestro« gewechselt zu haben – kurz: Nichtigkeiten schwachsinniger Leute. Diese wahrscheinlichen oder unglaubwürdigen Geschichten wurden wiederholt, gewürzt und übertrieben, und zwar von der gesamten intellektuellen Mittelklasse der Stadt. Wenn man weiß, daß kein vorzeigbarer Lebenslauf ohne die Nennung eines so bedeutenden Namens auskam, wird man einsehen, warum die Journalisten zwangsläufig in den zahllosen Reportagen über Borges immer wieder auf diese Geschichten zurückgreifen und sie mit Anspielungen, Einzelheiten, Selbstsüchteleien und Angebereien ausschmücken mußten.

Natürlich wurde also in den Redaktionen, für die ich arbeitete, immer von ihm gesprochen. Er war das, was man ein »Kult-Thema«, ein »Prachtstück« nennt. Doch unter derartigen Umständen fühlte ich mich in gewisser Weise im Nachteil. Das jugendliche Feuer – ich war damals kaum fünfundzwanzig aufgeregte Jahre alt – und der Zeitmangel, Folge von Ausschweifungen der Liebe, von Ausschweifungen politischer Militanz, von typischen Ausschweifungen im Berufsleben, hatten mir andere Prioritäten aufgezwungen. Ein Zufall nahm mich in die – bald in Vergnügen verwandelte – Pflicht, ihn zu lesen. Und dieser Zufall war der Sieg in einem Schachwettbewerb der Zeitschrift, bei der ich arbeitete. Der vom Verleger ausgesetzte Preis bestand in Borges' *Gesammelten Werken*.

Seit diesem Zugang zu seiner wunderbaren Traumwelt trat ich in eine sehr eigenartige Beziehung zu ihm. Eigenartig, weil ich glaube, daß der Zwerg vor dem Riesen Angst hat wie der kleine Fisch vor dem Hai. Der Hai macht sich keine Gedanken um die Sardine. Seine Aufgabe ist es, zu fressen. Also frißt er sie.

Während meiner Jahre im Exil, nach meiner Rückkehr nach Argentinien, während der ausgedehnten kalten Kriege, heißen Kriege, der Rückschritte und Fortschritte der Menschheit, während der weißglühenden Jahre um die Jahrhundertwende, aber auch während dieser letzten, aufregenden galaktischen Jahre, die wir erlebt haben, habe ich mich weiter mit Borges befaßt. Ich habe die kritischen, hitzigen, ja fast schmähschriftartigen Seiten Pedro Orgambides gelesen; ich habe mich mit den Lobeshymnen – maßlos wie alle Lobesworte – von Malcolm Thompson vertraut gemacht; ich habe die Brillanz von Enrique Chao Baronas ideologisch-semantischen Analysen kennengelernt; ich habe einige der gelehrten Mutmaßungen des Chinesen Tuan-Chihuei geteilt; ich habe dem rätselhaften Pseudonym Oswald Paris (das mir ein platter *nick name* von Osvaldo Soriano zu sein scheint) wegen seiner ätzenden Geringschätzung mißtraut; schließlich habe ich mich auch über die offensichtliche Ungerechtigkeit geärgert, daß die Schwedische Akademie ihm nach wie vor den Nobelpreis vorenthält, obwohl mich, wie alle Welt, am meisten verwundert, daß Borges bereits einhundertunddreißig Jahre hinter sich gebracht hat.

Ich erzähle das nur, um die Bestürzung zu erläutern, die ich trotz der großen Nähe zu Borges fühlte, als ich – im Traum – mit ihm zusammentraf.

Wir waren in seiner Wohnung in Buenos Aires, er

in seinem Rollstuhl, scheu – und welk wie eine vertrocknete Nelke; ich saß vor ihm, beklagte, an meinen Spazierstock geklammert, die hartnäckige Entwicklung meiner Gastritis, trank Schwarztee ohne Zucker, und wir sprachen miteinander wie zwei alte Gegner: bissig, ziemlich eintönig, dabei ehrerbietend und reichlich humorvoll.

Meine Sehkraft ist nicht mehr allzu gut; ich könnte uns nicht näher beschreiben. Ich würde daher sagen: Wir waren zwei Stimmen. In gewisser Weise waren wir eine Art Dunkelheit, von zwei Klangvariationen unterbrochen, die in Mollklängen und Halbtönen Wörter, Träume und Gedanken aneinanderreihten, die ich später niederschreiben – richtiger: diktieren – sollte, um sie dem nordamerikanischen Verleger mit der honigsüßen Stimme zuzusenden.

Ich fragte ihn, wie er sich die Tatsache erkläre, so lange gelebt zu haben, und er erwiderte, ich sei zu jung, um gewisse Rätsel zu begreifen. Und er zitierte Kierkegaard: »Die Jugend ist unfähig, die geistige Verkalkung der Greise zu begreifen und ihre Allgegenwart im Alltag.« Ich versicherte ihm, daß ich überzeugt sei, Kierkegaard habe nie dergleichen behauptet.

»Sehr wahrscheinlich«, sagte Borges, »dann stammt das Zitat vermutlich von Schopenhauer. Es spielt keine Rolle. Das menschliche Wesen besitzt keine bestimmbaren Dimensionen und kann sie auch nicht besitzen. Es ist nur ein unsichtbarer Punkt an einer Wegkreuzung; eine Spiegelkante, die Ecke eines Parks voller ineinanderfließender Labyrinthe, sich verzweigender galaktischer Pfade, unmeßbarer Unsterblichkeiten. Der Mensch hastet rasend durch zahllose Bibliotheken von Babel, wird aber nie das *Necronomicon* finden.

»Sie haben versäumt, den Mann von Esquina Rosada zu erwähnen«, warf ich ein, über soviel Spitzfindigkeit erbost.

»Mein Gedächtnis ist schwach«, verteidigte er sich.

»Das Gedächtnis eines Greises. Aber der Mann, den Sie gerade erwähnten, war nur eine Botschaft. Schlimmer noch: die Spur einer Botschaft. Hinzu kommt, daß ich keine Lust verspürte, sie zu verdeutlichen. Er war ein gewöhnlicher, keineswegs feiner Mensch, ein durchschnittliches Wesen ohne Herkunft.«

»Mir scheint, Sie reden irre, Borges.«

»Sie sind ein frecher Rotzlöffel. Sie gehen mir auf die Nerven.«

»Sie mir auch. Und überhaupt, ich bin einundachtzig Jahre alt; von wegen Rotzlöffel...«

»Ich könnte Ihr Großvater sein.«

»Gott behüte und bewahre mich davor.«

»Sie sprechen wie ein Atheist.«

»Der bin ich.«

»Das ist nicht witzig. Jahrzehntelang haben die Leute mir vorgeworfen, ich redete irre. Doch was ist das Leben anderes als ein beständiger Irrweg? Ich bin Agnostiker. Und Sie sind überhaupt nicht originell.«

»Will ich auch nicht sein.«

»Wie das brave Mädchen in dem Kinderlied, das meine Mutter mir vorsang, als ich klein war. Wissen Sie, daß sie es mir auf englisch vorsang?«

»Das habe ich mir gedacht. Ihre Kultur ist britisch.«

»Und jüdisch. Die Juden sind die intelligentesten

und zuverlässigsten Menschen auf der Welt. Die einzige Rasse, die genaue Ziele kennt. Sie wissen, daß sie überleben müssen, und überleben. Und werden immer überleben. Sie wissen, was sie wollen, und strengen sich an, um es zu erreichen. Ein Wunder.«

»Diese Erklärung wird dem Herausgeber der Zeitschrift gefallen. Er ist nordamerikanischer Jude.«

»Fast alle Nordamerikaner haben jüdisches Blut. Aber die Amerikaner sind mittelmäßig und unwissend. Und überdies sind sie Nationalisten, ohne sich bewußt zu werden, daß der Nationalismus die fixe Idee der Primaten ist.«

»Auch Sie sind Nationalist gewesen.«

»Im letzten Jahrhundert, ja, wie ich auch Kommunist war, Radikaler, Konservativer. Nur Schwachköpfe ändern ihre Ideen nie.«

»Und was sind die, die sie zu oft ändern?«

»Sie greifen mich an. Sie sind ein gewalttätiger Typ. Sicherlich ein Demokrat, der die Statistiken mißbraucht. Die Demokratie ist eine Beulenpest. Die Dummheit ist volkstümlich.«

Er schlürfte einen Schluck Tee, räusperte sich und schloß, ein wenig nervös: »Hören Sie, dieses Interview ermüdet mich. Ich weiß nicht, was Sie da aufschreiben werden« – einen Augenblick überlegte er. »Warum nehmen Sie nicht lieber an, ich sei ein mittelmäßiger Schreiberling, und erfinden eine Geschichte, in der ich mich damit beschäftige, alles durchzustreichen, was ein anderer niederschreibt? Jahrelang folge ich einem begabten Schriftsteller, stehle ihm seine Seiten, streiche sie ihm durch, und er merkt nicht, daß das, was er erschafft, vernichtet wird. Dann, eines Tages, nachdem viele Jahre verstri-

chen und wir beide bereits Greise sind, entdecke ich,
daß ich der andere bin und daß ich mich überlebt und
mein eigenes Werk zunichte gemacht habe.«

»Und wie entdecken Sie das?«

»Indem ich mich im Spiegel betrachte, natürlich.
Die Nihilisten haben sich nie im Spiegel betrachtet.
Nehmen wir an, ich wäre in Ihrer Erzählung ein
außergewöhnlicher Nihilist.«

»Und Sie hätten den Zar Alexander II. ermordet?
Sehen Sie: Der Nihilismus war eine revolutionäre
Sekte. Ich würde es vorziehen, wenn Sie in dieser
vermeintlichen Erzählung ein Epikuräer wären.«

»Das könnte ich nicht sein. Ich glaube nicht, daß
das Vergnügen die Quelle des Lebens ist. Die Quelle
des Lebens sind die Rätsel, die Paradoxa, die Wider-
sprüche, die Parabeln. Wir leben in einer Welt der
Wörter, und nur die Wörter besitzen Gehalt. So hat es
Egon Christensen gesagt.«

»Wer?«

»Egon Christensen, ein dänischer Ingenieur aus
Kopenhagen, der um das Jahr 1942 nach Buenos Aires
kam. Er war Erster Ingenieur eines Frachtdampfers,
der nicht wieder auszulaufen wagte, aus Furcht, von
deutschen Kriegsschiffen versenkt zu werden, die im
Südatlantik kreuzten. Die Regierung beschloß, das
Schiff zu kaufen, und Christensen blieb in Argentinien. Er war ein Einzelgänger, so daß er nicht allzu-
sehr darunter litt, seine Verlobte in Dänemark zurück-
gelassen zu haben, von der er nie wieder etwas hörte.«

»Und was sagte er über die Wörter?«

»Egon Christensen ließ sich seinen Ingenieurstitel
durch die Universität La Plata anerkennen und erhielt
eine Anstellung in der Zuckerfabrik Ledesma in Jujuy

als Leiter des Elektrizitätswerks von Dorf und Fabrik. Seine Leidenschaft war das Schachspiel, und natürlich bewunderte er Max Euwe.«

»Warum natürlich? Max Euwe war Holländer.«

»Spielt keine Rolle, er bewunderte ihn trotzdem. Egon Christensen war kein Chauvinist; er war ein intelligenter Mensch. Aber er hatte ein Problem: zwanzig Jahre lang suchte er einen Schachpartner und brachte das Spiel den Arbeitern und Angestellten bei. Als es ihm schließlich gelungen war, seine Schüler auf ein annehmbares Wettbewerbsniveau zu bringen, veranstaltete er eine örtliche Schachmeisterschaft, bei der ein Vierzehnjähriger ihn bei der ersten Partie aus dem Feld schlug. Das war für ihn der Beweis, daß er gegen den Strich gelebt hatte und daß sein Los ein Unglück war. Niedergeschlagen zog er ins Gebirge, ins Caimancito-Gebiet, in ein Dorf, das, wie in der Kolonialzeit, von Landvögten und Bürgermeistern beherrscht wurde.«

»Und was sagte er über die Wörter?«

»Ich kann mich nicht daran erinnern, aber er war ein fesselnder Mensch. Ich stelle ihn mir hochgewachsen vor, stark, blauäugig.«

»Wieso stellen Sie sich ihn vor?«

»Ich habe ihn soeben erfunden. Vielleicht schreibe ich eines Tages seine Geschichte.«

Wir verstummten. Das alte Haus Ecke Maipú- und Paraguay-Straße zeugte mit der gleichen Ruhe vom Verstreichen dieser Morgenstunden, wie es das vergangene Jahrhundert getan haben mag. Im Raum war ein zarter Weihrauchduft, der sich kaum mit der verbrauchten Luft des Zimmers mischte, in der der Geruch von Borges runzliger Haut vorherrschte, die welk war wie ein in Formalin konservierter Blinddarm.

Ich machte ein paar Schritte durch den Raum und hatte das untrügliche Gefühl, daß ich beobachtet wurde, daß die feuchten Augen des Greises vielleicht nicht getrübt waren, daß es seine berühmte Blindheit womöglich gar nicht gab, sie nichts war als ein hundertjähriger Scherz, eine schnöde Finte, die Borges ausgeheckt hatte, um die Aufmerksamkeit auf sich zu lenken und sich über die Leute lustig zu machen.

Während ich auf und ab ging und mich fragte, wohin ein solcher Mangel an Mitteilsamkeit führen mochte, während ich zu ergründen trachtete, was zum Teufel ich hier im Auftrag einer nordamerikanischen Zeitschrift suchte, während ich in Wirklichkeit zu Tode erschöpft war und nur in mein Hotel zurückkehren wollte, um mir die Schuhe auszuziehen und von meinem Zimmer im vierundzwanzigsten Stock auf die schlammigen Gewässer des Rio de la Plata hinunterzublicken, fragte Borges flüsternd, woher ich stammte. Ich sagte, aus dem Chaco, worauf er seufzte, das Wort »der Chaco« wiederholte und behauptete:

»Dort trachten die Menschen danach, die phantastischsten Geschichten zu erzählen. Ich habe einmal von einer Legende der Toba-Indios gehört, welche die Ergebenheit der Frau erklärt. Eine Indio-Frau, glaube ich, bestürzt darüber, daß ein Fluch ihren Mann in einen Baum verwandelt hatte, verwandelte sich gleichfalls, und zwar in eine Orchidee, und umarmte ihren Geliebten, um sein Schicksal zu teilen. Seither leben die Orchideen an den Stamm der Lapachos und Urundayes geklammert wie die Weiber an die Männer.«

Ich hatte ihn im Verdacht, wieder zu fabulieren, und sah ihn an. Nun fragte er mich, ob ich nicht müde sei wie er, und ich sagte, »ein wenig«. Er sagte »ich sehr« und bat mich, eine Weile zu reden.

Nach einem Augenblick des Schweigens meinte er, ich hielte ihn vielleicht für ungesellig, und wenn dem so sei, liege es nur daran, daß er meine Stimme nicht richtig erkannt habe; er sagte, daß Blinde das Wesen ihrer Gesprächspartner an deren Stimme erkennen. Und daß die meine Argwohn in ihm wecke. Ich möge das verstehen und ihn deshalb, bitte, nicht für unhöflich halten.

Ich sagte, ich hätte viele Jahre in Mexiko gelebt und wüßte, daß die bloße Erwähnung des Landes in ihm unweigerlich Erinnerungen an seine Freundschaft mit Alfonso Reyes wecken müsse, daß er Schwester Juana erwähnen würde, Vasconcelos und auch »diesen jungen Mann, von dem man mir erzählt hat, er empfinde sich als der aztekische Borges, ein gewisser Octavio Paz«.

So geschah es auch, und er stellte gleich die Behauptung auf, die mexikanische Revolution sei ein bedauerlicher Vorfall gewesen, »Mexiko wäre ein großes Land geblieben, wenn Porfirio Díaz nicht an einem regnerischen Maiabend des Jahres 1911 nach Paris abgereist wäre«.

Ich hörte zu, ohne Lust, mit ihm zu streiten, bis er nach der Behauptung, am meisten stoße ihn an den Mexikanern ihr Glaube an Gott und Teufel ab, eine Pause einlegte. »Ein mystisches Volk«, sagte er, »es ist geheimnisvoll, wird aber nie Größe erlangen, weil es Angst hat.«

»Glauben Sie das nicht«, fiel ich ein, »ich habe im

Staat Mexiko eine Bevölkerungsgruppe kennengelernt, die den Satan gesehen hat. Und die hatte keine Angst.«

»Sie wird geglaubt haben, ihn gesehen zu haben«, berichtigte er mich.

»Nein, Señor, sie hat ihn wirklich kennengelernt. Das war in Chipiltepec, wo sich der Satan zu Beginn des vorigen Jahrhunderts aufhielt. Er wohnte auf einer Anhöhe, wo die Leute Brennholz sammelten. An Wochenenden begab er sich ins Dorf hinunter, in Bauerntracht, prachtvoll herausgeputzt, auf einem schimmernden Rappen reitend, und machte den Dorfschönen den Hof. Doña Celia, eine Frau aus der Gegend, beschrieb ihn als bildschönen Mann. Sie sagte, daß der Satan »die Versuchung zu Pferde« sei und daß die jungen Mädchen von Chipiltepec nicht mehr zum Brennholzsammeln und Blumenpflücken auf den Hügel wanderten, aus Furcht, verhext zu werden.

Als die Dorfbewohner merkten, wer dieser Reiter war, veranstalteten sie eine Prozession, um auf dem Hügelkamm ein Kreuz zu errichten, und seither führten die jungen Patres sonntags die Pilgerschar an, um vor diesem Kreuz die Messe zu lesen und zu beten. Angesichts dieses Ansturms von Betleidenschaft begriff Satan, daß sein Leben dort immer unerträglicher werden würde, und ritt nicht mehr ins Dorf hinunter, um die Mädchen zu verführen. Bis eines schönen Tages ein junger Pater sich ausrechnete, Satan müsse davongezogen sein, und alle den Hügel erklommen, um sich zu vergewissern, daß er nicht mehr in seiner Behausung, einer Berghöhle, wohnte.

Und da entdeckten sie, daß vor dem Höhleneingang Satans Schreibtisch und Stuhl standen, beide in Stein verwandelt. Und auf dem Schreibtisch lag ein Brief, ebenfalls versteinert, den alle lasen, des Inhalts, er verzichte auf seine Wohnstatt. Doch warnte er, in seiner Höhle liege der Schwanz einer Rieseneidechse, niemand dürfe sich hineinwagen, er würde es erfahren, da der Eidechsenkopf unter seinem neuen Haus in der Hauptstadt der Republik liege. Und neben seiner Unterschrift stand in den Stein gemeißelt seine neue Anschrift in Mexiko Stadt.«

»Erstaunlich«, sagte Borges und räusperte sich ausgiebig. Dann fuhr er fort: »Sie müssen mich entschuldigen, aber ich bin sehr müde. Wir alten Leute ermüden sehr rasch. Wir sind verwöhnt.«

»Sie sagen es«, dachte ich und erinnerte mich an meine Gastritis.

Dann stand er auf, stocherte mit seinem Stock in der Luft, trat auf mich zu und fragte herzlich, ob ich die Güte hätte, ihn bei einer Besorgung zu begleiten. Ich sagte natürlich zu, ohne mir bewußt zu sein, daß Borges stand. Er war mit einer gewissen Fröhlichkeit aus seinem Rollstuhl aufgestanden, mit einer für sein Alter und seine augenscheinliche Hinfälligkeit erstaunlich behenden Bewegung.

Er bat mich, einen Augenblick zu warten, und ging in ein anderes Zimmer, aus dem er wenige Minuten später zurückkehrte, in einem strengen dunkelblauen Anzug, weißen gestärkten Hemd und mit einer Krawatte in verschiedenen Blau- und Bordeauxtönen. Er sagte »gehen wir« und streckte seine rechte Hand aus, um meinen linken Unterarm zu fassen, den ich ihm hilfsbereit anbot. So verließen wir zwei Alten das Haus und traten in den heißen Vormittag von Buenos

Aires, um durch die Maipú-Straße in Richtung Plaza San Martín zu gehen.

Wir brauchten lange, bis wir zur Zweigstelle des Banco de Galicia gelangten. Wir gingen schweigend, und sicherlich, so vermutete ich, wurden wir von den Fußgängern beobachtet, waren wir doch ohne Frage zwei auffällige Greise, einer davon niemand Geringerer als Borges.

Während wir uns in die Schlange stellten und darauf warteten, an den Schalter zu gelangen, fragte er mich, wie ich mich fühlte. Ich sagte, gut, auch wenn ich mich gleich darauf berichtigen und bekennen mußte, daß ich mich in Wahrheit nicht sonderlich behaglich fühlte, sondern eher unruhig, vielleicht plötzlich sogar unglücklich.

»Das Unglück ist eine reichere Erfahrung als das Glück«, sagte er. »Es ist für die Ästhetik ein besseres Material; es ist plastischer, schmiedefähiger, und der Beweis dafür ist, daß es so gut wie keine Dichtung des Glücks gibt, finden Sie nicht?«

»Das stimmt«, gab ich zu, und da kamen wir auch schon an die Reihe.

Er legte einen Scheck vor, den er mit zittriger Hand unterschrieb, und stellte ein paar Fragen über sein Bankkonto. Während das junge Mädchen, das uns bediente, irgendwelche Computer befragte, beugte Borges sich zu mir und murmelte, er frage immer das gleiche, verstehe aber nie das geringste. »Doch wer zur Bank geht, muß vermutlich höflich zu den Bankangestellten sein. Und ihnen macht es Spaß, sich diensteifrig und sachkundig zu zeigen.«

Wir lachten, beide. Ich machte eine leichte Kehrtwendung und sah einen jungen Mann hinter uns, sichtlich verärgert. Er seufzte vernehmlich, wie um seiner Gereiztheit Luft zu machen, die fraglos durch unsere Langsamkeit, unsere greisenhafte Schwerfälligkeit hervorgerufen war. Als wir die Schalterhalle verließen, hatte ich das Gefühl, das Gesicht des jungen Mannes ziemlich genau zu kennen, obgleich ich in diesem Augenblick nicht in der Lage gewesen wäre, zu sagen, an wen es mich erinnerte.

Auf der Straße sagte Borges: »Wir haben nämlich die Pflicht, glücklich zu sein, allerdings ist es eine Pflicht, der wir natürlich nicht nachkommen. Die Vorstellung vom Unglück stammt von Byron und ist romantisches Erbe.«

»Wie merkwürdig«, sagte ich, »daß Sie das Unglück rühmen. Bedenken Sie doch, daß der Tango eine Musik der Unruhe ist, der Mißgeschicke und Einsamkeiten, und dabei hat Ihnen der Tango nie zugesagt.«

»Das ist wahr, ich ziehe die Milongas vor. Das ist eine wilde Musik, kühner und weniger schlüpfrig als der Tango. Der Tango ist mittelmäßige Musik.«

»Verzeihen Sie, aber darin stimme ich nicht mit Ihnen überein.«

»Seien Sie unbesorgt, in diesem Punkt ist kein Argentinier je mit mir einig gewesen. Kommen Sie, essen Sie mit mir zu Mittag.«

Ich nahm an. Langsam gingen wir weiter und gelangten zu einem Restaurant, das im gleichen Häuserblock wie die Bank lag, an der Paraguay-Straße, kurz vor der Florida-Straße. Der Name des Restaurants ist mir entfallen, doch die rot-weiß-karierten Tischtücher entzückten mich, Flaschen mit Wein aus Mendozen auf hellen Holzborden an den Wänden und, ich glaube, von der Decke hängende saftige Bergschinken. Wir setzten uns an einen ruhigen Tisch in einer Ecke des Raums, gleich neben dem Gang zu den Toiletten.

Borges setzte sich, die Hände auf den Knien, richtete seinen blinden Blick auf einen fernen Punkt, das Kinn leicht gereckt, die Lider gesenkt und die Brauen wie mit halb verwunderter Miene angehoben, und sagte wie zu sich selbst: »Vor vielen Jahren, im vergangenen Jahrhundert, kam ich oft hierher mit einem jungen Mädchen, das ich gerne hatte. Aber ich erinnere mich nicht mehr an ihren Namen. Tja..., man ist immer geneigt, das Angenehme eher zu vergessen als das Schreckliche.«

Ich reagierte instinktiv. Ich riß die Augen so weit wie möglich auf, heftete den Blick auf das unerschütterliche Gesicht meines Gegenübers, dann blickte ich mich um und fühlte Verzweiflung in mir aufsteigen.

»War dieses Mädchen«, fragte ich beunruhigt, »jung, etwa zwanzig Jahre alt, hatte langes, dunkles, weiches Haar und hörte Ihnen gebannt zu?«

»Ich weiß nicht, ob ihr Haar dunkel war, ich habe es nie sehen können. Ich bin aber ziemlich sicher, daß wir von derselben Person sprechen.«

Ich war entsetzt. Mir wurde bewußt, daß sich alles wiederholte: Borges konnte gehen, der blaue Anzug, die Krawatte... Und unsere Schwerfälligkeit, mit der wir die Schlange in der Bank aufhielten; die Ungeduld des jungen Mannes mit dem vertrauten Gesicht hinter uns... Ich zitterte vor Schrecken: dieses Gesicht... nein, das konnte nicht sein. Aber... doch, es war mein Gesicht, mein eigenes Gesicht im vergangenen Jahrhundert, als ich fünfundzwanzig Jahre alt war.

Und das Restaurant, natürlich, die Tischtücher, die Weine, die Schinken. Verstört blickte ich Borges an, ich verabscheute ihn. Ich stand auf.

»Was ist mit Ihnen?« fragte er. »Warum stehen Sie auf?«

Und er streckte eine Hand nach mir aus. Ich sprang zurück, warf den Stuhl um, der auf die Rückenlehne fiel.

»Rühren Sie mich nicht an!« schrie ich. »Hurensohn, elender!«

Ich drehte mich um und suchte verzweifelt den Ausgang, stieß gegen Tische und Menschen, angeekelt von der Entdeckung, daß ich einen bereits geschehenen Vorfall erlebte, daß Borges mich in sein Spinnennetz verstrickt hatte, in ein grauenerregendes Paradoxon, in dem die Wirklichkeit phantastisch war und die Phantasie wahrscheinlich. Und schon wußte ich nicht mehr, in welchem Jahr ich mich befand – auch wenn ich vermutete, ins zwanzigste Jahrhundert zurückgekehrt zu sein –, aber ich rannte, so schnell ich konnte, zitternd, angstgepeinigt, mit dem dringenden Bedürfnis, eine andere Luft zu atmen, diesen Vormittag verfluchend, ich riß die Restauranttür auf und stieß mit einem Blinden mit gerecktem Kinn, gesenkten Lidern und erhobenen Brauen zusammen, den ich sofort als Borges erkannte, ich blieb stehen, stolperte rückwärts und bedeckte das Gesicht mit beiden Händen, um ihn nicht zu sehen, und begann zu schreien, zu schreien, zu schreien . . .

Dann erwachte ich. Einen Augenblick verharrte ich in meinem Schrecken, doch nach und nach wurde ich ruhiger und dachte, schließlich und endlich sei alles nur ein Alptraum gewesen. Ein böser Traum, der

womöglich damit enden sollte, daß sein Protagonist –
ich – entdeckte, daß er nicht im einundzwanzigsten
Jahrhundert lebte, daß auch Borges kein uralter Greis
von einhundertunddreißig Jahren war. Oder – ein
anderes denkbares Ende – am Schluß fand der Protagonist beim Erwachen aus seinem Traum den Brief
eines nordamerikanischen Verlegers vor, der ihn mit
der Durchführung und Verfassung eines Interviews
mit Jorge Luis Borges beauftragte.

Doch dann wurde mir klar, daß ich nach wie vor
ein alter launischer Mann mit Gastritis bin, der sich
müht, das Unmögliche zu ersinnen. Ich werde morgen meinen zweiundachtzigsten Geburtstag feiern,
und sehr wahrscheinlich wird niemand mir je den
Auftrag für ein Interview mit Borges erteilen. Der
übrigens sehr weit weg wohnt.

Los Angeles, Mexiko
Januar–Juni 1979

Nachbemerkung

Jahre hindurch habe ich an diesem Buch geschrieben, ohne zu wissen, was für ein Buch es werden würde. Ich habe jede Erzählung erträumt, sie geträumt und sie danach ihrer eigenen Entwicklung überlassen. Ich habe mir erlaubt, sie zu vergessen, wohl wissend, daß die Geschichten irgendwann in mein Gedächtnis zurückkehren würden, sobald sie geschrieben werden wollten. Und in jedem Augenblick war ich versucht, Pasolini nachzuahmen, wegen eines kleinen Satzes, der in den letzten Szenen seines *Dekameron* vorkommt. Ich glaube, daß dieser Satz meinen schwersten Zweifel wiedergibt, den beständigsten und beharrlichsten, seit ich zurückdenken kann: »Warum ein Werk schaffen, wenn es so schön ist, von ihm zu träumen?«

Cuernavaca, Morelos
Dezember 1981

ANMERKUNGEN DES ÜBERSETZERS

Boca	Boca Juniors, ein bekannter Fußballklub
Campo	offenes Gelände im Gegensatz zur Stadt
Campos Gerais	Hinterland; die Hochebenen des brasilianischen Nordostens
Carrito 56	eines der zahlreichen numerierten Grillrestaurants längs des Rio de la Plata
Chacra	kleines Landgut, Kleingehöft
Dok	Buenos-Aires-Slang: »Tor-doc« für »doctor«, ausgesprochen: »tordo«
Estancia	Großgrundbesitz
Gerais	siehe: Campos Gerais
Grande Sertão: Veredas	Roman des brasilianischen Epikers João Guimarães Rosa (1908–1967); dt. *Grande Sertão*, Köln 1964, 1987
Gringo	nicht spanischsprachiger Ausländer
Gürteltier	Hipolito Yrigoyen; argentinischer Caudillo, der am 6.9.1930 durch einen Staatsstreich gestürzt wurde
halber Prügel	arg.: medio palo; Buenos-Aires-Slang: eine halbe Million Pesos

illegales Lotto, *Bäumchendienst in* *Palermo*	Ironische Anspielung auf das Scheitern des Protagonisten. Der Bankier eines schwarzen Lottos verliert nie Geld; die Mafia kontrolliert das Geschäft. Das Hippodrom von Buenos Aires liegt im Ortsteil Palermo, und unter seinen Bäumen stehen die von der Mafia und deren Bankiers beauftragten Beobachter der Rennen und Pferde
Jagunço	Bandit des brasilianischen Nordostens im Dienst rivalisierender Politiker
Légua	Brasilianische Meile (5,6 km)
Lunapark	Stadion in Buenos Aires für Ringkämpfe und Volksveranstaltungen
mexikanisch- *amerikanischer Chicano*	Nordamerikaner mexikanischer Abstammung, der sich weder als Mexikaner noch als Nordamerikaner fühlt
Minas Gerais	Brasiliens Minenstaat
Nepluay u. a.	Dörfer des argentinischen Chaco
Oberst	Juan Domingo Perón, der 1945 verhaftet und am 17. Oktober desselben Jahres durch einen Volksaufruhr befreit wurde, um 1946 zum Staatspräsidenten gewählt zu werden
oligarchische Justo- *Anhänger*	Augustín P. Justo, 1932 durch Wahlbetrug Präsident gewordener General
Peón	Landarbeiter, Tagelöhner
Politeama	Bar der Subliteraten von Buenos Aires
Porteño	Einwohner von Buenos Aires
Racing	Bekannter Fußballklub in Buenos Aires

River	River Plate, bekannter Fußballklub in Buenos Aires
Sechste, die	die sechste (Abend-) Ausgabe der Tageszeitung *La Razón*
Sertão	das spärlich besiedelte Innere des brasilianischen Nordostens; auch waldreiches Gebiet
Susana Giménez	in den siebziger Jahren durch Fernsehwerbung bekannt gewordene üppige Soubrette aus Buenos Aires
zweihundert Lukas / Luca	Slang von Buenos Aires für: tausend Pesos
Zócalo	Sockel; Hauptplatz in mexikanischen Städten

Heißer Mond
Luna caliente. Roman.
Aus dem argentinischen Spanisch von Curt Meyer-Clason.
1986. 130 Seiten. Geb.

»Er wußte, was geschehen würde, er hatte es gewußt, als er sie
sah« – von Anfang an ist sich Ramiro, der nach acht Jahren
Studium in Paris in seine Heimatstadt zurückkehrt, völlig
bewußt, der er in sein Verderben rennt und daß es nicht
aufzuhalten ist. Die Begegnung mit Araceli, der dreizehnjähri-
gen Tochter eines Freundes, steht unter dem Zeichen der
unmäßigen Hitze des argentinischen Sommers, des weißglühenden Chacomondes. In derselben Nacht, in der er sie
kennengelernt hat, dringt Ramiro in ihr Zimmer ein, verge-
waltigt sie und erstickt die sich verzweifelt Wehrende schließlich in Panik und Raserei. Er will fliehen, doch Aracelis
betrunkener Vater verstellt ihm den Weg, will in die Stadt zu
einer Sauftour mitgenommen werden. Ramiro, der Intellektu-
elle, der Ehrenmann, dem eben noch eine glänzende Zukunft
bevorstand und der sich nun mit einemmal als gehetzter
Außenseiter fühlt, beseitigt den angeblichen Mitwisser des
Verbrechens – wenn es denn ein Verbrechen gab: Am nächsten
Morgen taucht Araceli bei ihm auf, strahlend und verführe-
risch, doch kurz danach auch die Polizei, die Polizei des
Militärstaats, die ihre eigenen Gründe hat, den Verdächtigen
zunächst glimpflich zu behandeln. Im Verhör gibt Ramiro sich
kaltblütig und besonnen, er genießt es geradezu, dem Poli-
zeiinspektor zu beweisen, daß er ihm an Scharfsinn zumindest
ebenbürtig ist, doch jedes Treffen mit Araceli bringt ihn fast
um den Verstand. Die Hemmungslosigkeit des jungen Mädchens, dem er immer mehr ausgeliefert ist, erregt ihn und ekelt
ihn zugleich an, doch längst sind sie beide Komplizen, und er
kann sie nicht mehr abschütteln, noch nicht einmal im
Tode...

PIPER